KB235380

유미야, 보고 싶다…….

또하나의 약속

또하나의약속

1판 1쇄 인쇄   2014년 1월 27일
1판 1쇄 발행   2014년 1월 29일

각본   김태윤
소설   이상민

발행인   김성룡
편집   이성주
교정   김은희
디자인   권혜영
펴낸곳   도서출판 가연
주 소   서울시 마포구 월드컵북로 4길 77, 3층 (동교동, ANT 빌딩)
구입문의   02-858-2217
팩 스   02-858-2219

ISBN   978-89-6897-007-8 13810

또하나의 약속

김태윤 각본 | 이상민 소설

가연

차례

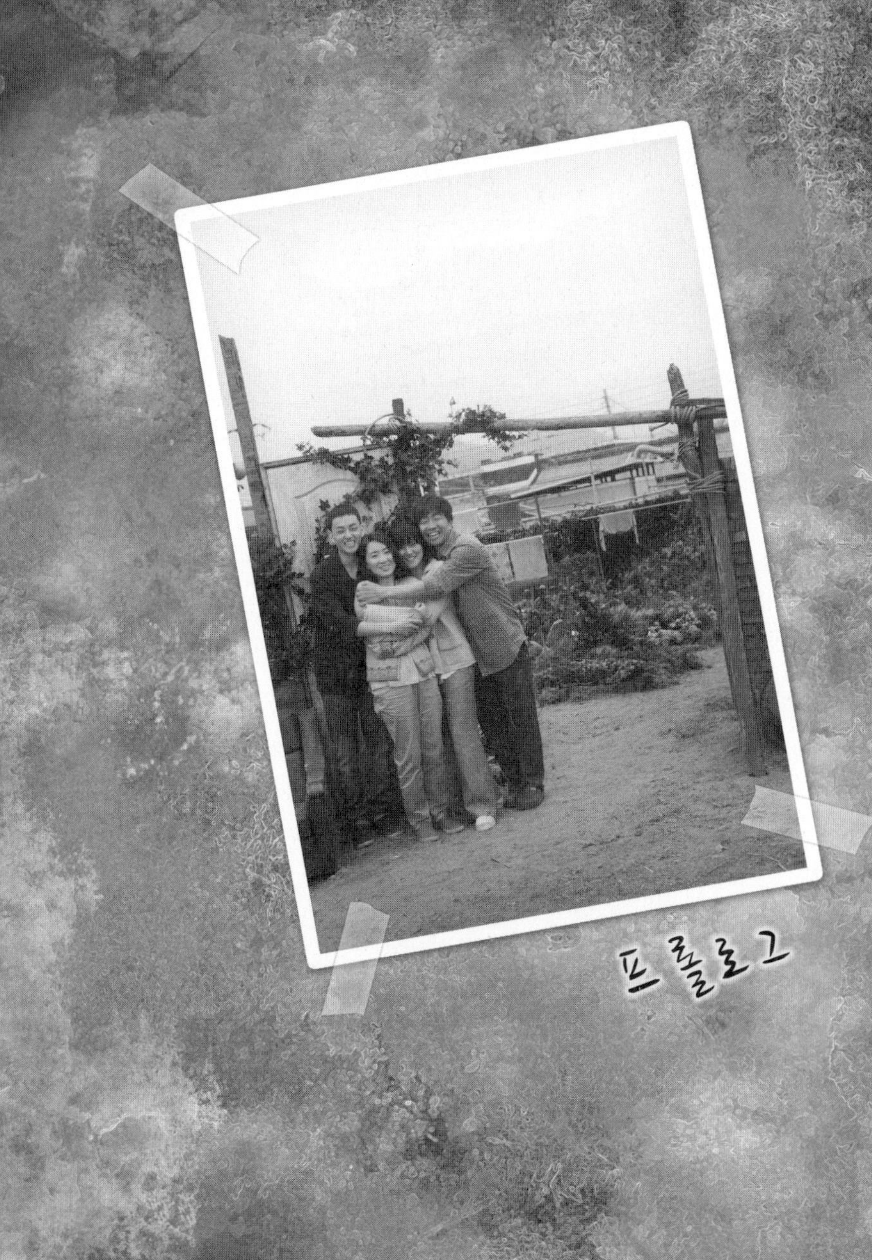

프롤로그

한 어린 소녀의 죽음이 우리를 여기까지 오게 만들었고,
서로 남남이었던 사람들을 가족으로 만들었고,
또 그 사람들이 포기하지 않고
마지막까지 최선을 다하게 만들었다.

기나긴 싸움이 드디어 종착점에 이르렀다.

처음 시작할 때만 하더라도 아무도 여기까지 오리란 예측을 하지 못했다.

한 어린 소녀의 죽음이 우리를 여기까지 오게 만들었고, 서로 남남이었던 사람들을 가족으로 만들었고, 또 그 사람들이 포기하지 않고 마지막까지 최선을 다하게 만들었다. 아직 이 지루한 싸움이 어떤 결말을 맺을지는 모르지만, 적어도 지나온 일에 대해선 다들 후회하지 않을 것이다.

나도 어쩔 수 없이 이 싸움에 휘말렸지만 그 선택에 후회하진 않는다. 비록 처음에는 내가 의도하지 않았던 일이라도 말이다.

이윽고 사람들이 하나둘씩 재판정으로 들어오기 시작했다.

낯익은 얼굴들이 많이 보였다.

오늘, 우리를 여기에 오게끔 동기를 부여한 한 상구 씨,

여전히 천방지축처럼 뛰어다니며 사람들을 끌어 모으는 재주가 탁월한 난주 선배,

뒤늦게 혜성처럼 나타나 우리에게 도움을 준 변호사 님,

아픈 기억과 아픈 몸을 이끌고 이 힘겨운 싸움에 동참해준 호창, 정애, 옥연 씨,

그리고 이들이 중도에 무너지지 않도록 버팀목이 되어준 후원회 회원님들.

이제 잠시 후면, 우리의 절실했던 노력이 그 성과를 드러낸다.

재판정이 고요해졌다.

경위가 정숙을 요구했다.

판사가 엄숙한 표정으로 들어와 자리에 앉았다.

그리고 천천히 판결문을 읽기 시작했다.

1. 내 이름은 한윤미입니다

시커먼 어둠이 나를 집어삼켰습니다.
아무것도 보이지 않았습니다.
아무 소리도 들리지 않았습니다.
아무것도.

"한 윤미 학생."

엄하게 생긴 면접관 아저씨가 내 이름을 부릅니다.

내 이름은 한 윤미입니다. 속초에서 택시 운전만 25년을 한 우리 아빠가 지어준 이름입니다.

"네."

면접관 아저씨의 호명을 받은 나는 차분한 목소리로 대답했습니다.

오늘은 아주 중요한 날입니다. 진성 반도체 공장에 입사하기 위한 면접을 보는 날이기 때문입니다.

회사에서 나온 면접관 아저씨들이 입사 지원한 아이들을 모아놓고 질의심사를 합니다. 나는 내 순서가 몇 번째였는지 까먹을 정도로 몹시 긴장했습니다. 점심도 먹는 둥 마는 둥, 괜히 마음이 들떠서 어떻게 시간을 보냈는지 기억나지 않습니다.

드디어 내 차례가 되어 호명을 받았을 때는 가슴이 철렁 내려앉는 줄 알았습니다. 하지만 나는 내색하진 않았습니다. 웃는 얼굴로, 면접관 아저씨들을 바라보며 어떤 질문에도 대답할 준비가 되었음을 보여주었습니다.

"한 윤미 학생. 성적도 좋고, 결석도 없고, 아버지가 택시 운전을 하시네?"

질문하는 면접관 아저씨의 표정엔 변화가 없습니다. 엄한 인상 때문인지 괜히 더 긴장되어서 혹시 말을 할 때 실수라도 할까봐 가볍게 심호흡을 하고 미소를 지었습니다. 아빠가 그랬습니다. 웃는 얼굴을 하면 작은 실수 정도는 용서 받을 수 있다고.

"네, 아버지는 택시 기사를 하고 계세요. 올해로 25년을 넘기셨어요."

나는 웃는 얼굴로 대답했습니다. 그러면서 아빠 얼굴을 떠올렸습니다. 너무나 착하고 성실한 아빠 얼굴을 생각하니 긴장이 풀립니다. 해리 포터의 마법처럼.

"우리 회사에 지원하는 이유는 뭔가요?"

다른 면접관 아저씨가 묻습니다. 꼭 우리 학교 학생주임 선생님처럼 우직하게 생기신 분입니다. 면접관 아저씨는 지원서를 꼼꼼히 살피며 내가 대답하길 기다립니다. 대답을 하기 전에 곰곰이 생각해보았습니다. 어떻게 하면 제대로 내 생각을 잘 전달할 수 있을까. 나는 솔직하게 대답하기로 했습니다. 가감 없이.

"요새 서울 사람들은 전부 자가용을 타고 오니까요, 아버지 벌이가 예전만 못하세요. 그래서 저도 돈을 벌고 싶어요, 아버지를 도와서 살림에 보탬이 되고 싶어요."

면접관 아저씨들이 무뚝뚝한 얼굴로 고개를 끄덕였습니다. 그 표정을 보니, 내가 제대로 말하고 있는 것인지 조금 걱정이 되었습니다.

"돈을 벌면 뭘 하고 싶나요?"

또 다른 면접관 아저씨가 물었습니다. 늘 생각해왔던 것이어서, 이 대답만큼은 자신이 있었습니다.

"아빠 차 새로 바꿔 드리고, 엄마 일 그만하게 하고 용돈도 드리고, 또 남동생 대학도 보내주고 싶어요."

내 대답이 끝나자마자, 면접관 아저씨들의 입가에 엷은 미소가 보입니다. 착각일지도 모르겠지만 언뜻 그렇게 보였습니다. 역시 혼자만의 착각인지 모르겠지만 느낌이 참 좋습니다. 왠지 꼭 좋은 소식이 있을 것 같습니다.

이어지는 질문은 많지 않았습니다. 면접에 앞서 담임선생님께서 내 성적이라면, 그리고 손수 써주신 추천서라면 문제가 없을 거라고 하셨습니다. 면접은 형식적인 것에 불과하다고. 몸도 건강하고 인성도 바르니까 꼭 합격할 거라고 말씀하셨습니다. 너무 긴장하지 말라고 듣기 좋은 말씀만 하셨겠지만 싫진 않았습니다. 어쩌면 그 좋은 느낌이 계속 이어지고 있는 건지도 모르겠습니다.

따로 수업이 없는 날이라 면접이 끝난 뒤 담임선생님께 인사를 하고 학교를 나왔습니다.

운동장을 지나 교문으로 가니 남동생 윤석이가 보입니다. 한참 멋 부리길 좋아하는 나이라 그런지 누나가 나오고 있는 것도 모르고 손가락에 침을 발라가며 머리 모양에만 신경을 쓰고 있었습니다. 윤석이는 몸만 컸지, 아직은 철이 없는 막내입니다. 몰래 뒤로 가서 장난으로 동생의 뒤통수를 때려주었습니다.

"에라, 이 허세야."

동생이 깜짝 놀라더니 뒷머리를 만지며 나를 흘겨봅니다.

"씨이, 왜 이제 오고 난리야."

동생이 볼멘소리를 합니다. 며칠 전부터 오늘 면접을 본다고 이야기를 했는데도 벌써 까먹었나 봅니다.

"오늘 면접 본다고 했잖아."

그때서야 동생이 그러냐며 반색합니다. 물론 그러는 데엔 이유가 따로 있습니다. 아직 철이 없는 윤석이는 누나가 좋은 직장에 들어가길 학수고대하고 있습니다. 왜냐면.

"아, 정말? 붙은 거야? 그러면 나 람보르기니 사줄 수 있는 거야?"

이런 이유 때문입니다. 람보르기니가 얼마나 비싼 차인 줄도 모르면서 허파에 바람만 들어간 내 동생, 윤석이. 그래도 구김살 없는 동생이 좋습니다.

"에휴, 정말 언제 철들래?"

"왜? 얼마 안 한대. 백만 원이면 산다던데?"

윤석이가 이렇습니다. 철없는 내 동생. 우리 집 막내.

"백만 원이 아니라 백만 달러겠지."

내 말에 윤석이가 몰랐다는 듯이 눈을 크게 떴습니다. 표정을 보니 정말로 백만 원으로 알고 있었나 봅니다.

"아, 그래? 백만 원이 아니고?"

몇 번이나 확인하는 윤석이를 보며 나는 조용히 웃었습니다. 누나가 람보르기니는 못 사줘도 돈 벌어서 너 대학은 보내줄게. 머리를 쓰다듬었더니 윤석이가 어린애 취급받는 게 싫다는 듯 정색을 합니다.

그때 택시 한 대가 달려와 우리 앞에 섭니다.

"윤미야. 윤석아."

반가운 목소리가 내 이름을 부릅니다. 내 동생의 이름도 불렀습니다.

아빠가 우리를 데리러 왔습니다. 오늘 면접 보는 날이라는 걸 알고 걱정이 되어 온 모양입니다. 하지만 혹시라도 내가 부담스러워 할까봐 아빠는 면접에 대해선 아무것도 묻지 않았습니다. 대신에 애꿎은 윤석이에게 화살을 돌립니다.

"저놈 바지 봐라. 저기에 다리가 어떻게 들어가냐. 입고 꿰맨 거야?"

아빠가 윤석이의 통 좁은 교복바지를 보며 잔소리를 합니다. 요즘엔 저런 게 유행이라고 윤석이가 변명을 해봤지만 아빠에겐 통하지 않습니다.

"에이 씨. 아빠가 스타일이 뭔지나 알아?"

아빠는 그냥 윤석이의 머리를 쥐어박으며 웃습니다.

"인석아, 빨리 타. 너희 엄마 모시러 가야 해."

엄마는 집 근처 김 씨 아저씨네 황태덕장에서 일을 합니다. 아무래도 아빠 외벌이로는 빠듯해서 조금씩 은행 돈을 빌리다보니 그동안 빚이 쌓였나 봅니다. 그래서 조금이라도 보탬이 되어보려고 몇 해 전부터 덕장에 나가서 황태를 다듬고 품삯을 받고 있습니다.

물론 아빠는 몸이 약한 엄마가 덕장에 나가는 것을 무척 미안해합니다. 당신이 무능력해서 엄마를 고생시킨다고 생각하는 모양입니다.

하지만 나는 알고 있습니다. 그건 결코 아빠의 무능력 때문이 아니라는 것을. 엄마도 알고 이해하기 때문에 한 번도 아빠에게 싫은 소리를 한 적이 없습니다.

그럼에도 아빠는 여전히 엄마에게 미안해합니다. 그래서 엄마가 괜찮다고 하는데도 아주 급한 일만 생기지 않으면 가급적 매일같이 엄마를 데리러 갑니다. 툭하면 엄마에게 짓궂게 구는 김 씨 아저씨에게서 엄마를 구해줘야 한다며, 하루도 거르지 않고 매일 덕장으로 가서 엄마를 데려옵니다.

김 씨 아저씨는 아빠가 볼 때마다 잔소리를 한다며 투덜대곤 합니다. 마치 자기를 엄마에게 일을 너무 많이 시키는 악덕고용인처럼 취급해서 불만이라고. 본의야 어떻든 아빠의 눈에는 정말로 그렇게 보이나 봅니다. 하기는, 아빠는 가끔 밥상에서도 김 씨 아저씨를 흉을 볼 때가 있습니다. 우리 마누라를 너무 혹사시키는 나쁜 사람이라면서.

아빠는 오늘도 어김없이 가는 길에 황태덕장에 들러 엄마를 태웁니다. 항상 그렇듯 덕장을 나서는 아빠의 손이 엄마의 손을 꼭 잡고 있습니다.

"우리 딸 오늘 면접 잘 봤나."

"응, 잘 봤어."

엄마가 우리를 보더니 환히 웃으며 조수석에 탔습니다. 온종일 황태를 다듬은 엄마한테서 생선 비린내가 나는지 윤석이가 미간을 찡그렸습니다. 그래서 얼른 윤석이의 머리를 쥐어박으며 주의를 주었습니다. 다행히 엄마 아빠는 윤석이의

표정을 보지 못한 모양입니다. 윤석이도 자기 실수를 깨달았
는지 슬쩍 창문을 내리며 딴청을 피웠습니다.

“일 안 힘드나? 좀 쉬면서 하지.”

아빠가 미안한 듯 엄마를 흘끗 보며 묻습니다.

“아, 집에서 놀면 뭐해? 애들도 다 컸는데?”

엄마는 당연한 이야기를 한다는 듯이 아빠에게 되묻습니
다. 아빠는 여전히 미안한지 엄마의 손을 꼭 잡았습니다.

“미안해. 내가 못나서……. 다 갚을 거야, 그럼.”

이럴 때 아빠는 종종 기운 없는 모습을 보이곤 합니다. 그
모습이 보기 싫어서라도, 나도 돈을 벌어서 빚 갚는 데 도움
이 될 거라고 말하고 싶었습니다. 하지만 아직 취업이 결정된
게 아니라서 그 대답은 다음으로 미루었습니다.

엄마가 우리들 눈치를 보느라 아빠에게 잡힌 손을 슬그머
니 뺍니다.

“비린내 안 나나?”

엄마가 조심스레 묻습니다. 그러면 아빠는 웃는 얼굴로 말
합니다.

“뭐가 어때서? 마누라한테서 나는 건데? 향수보다 훨씬 낫
지.”

아빠는 세상에서 가장 멋진 남편입니다.

아빠의 말에 엄마는 싫지 않은 듯 조용히 웃습니다. 윤석이

도 조용히 차창을 닫고 노인네들이 주책이라며 미소를 짓습니다. 나도 따라서 웃었습니다. 그리고 맘속으로 빌어봅니다. 우리 가족들이 지금처럼 웃는 날이 앞으로도 많았으면 좋겠다고.

며칠이 지났습니다.

학교를 마치고 집으로 돌아왔더니 엄마가 앞마당 화단을 정리하고 있었습니다. 덕장에 가지 않는 날이라 집에서 쉬어도 될 텐데, 정말이지 엄마는 잠시도 움직이지 않으면 병이라도 나는 모양입니다. 몸도 약한 사람이 항상 뭔가를 하려고 듭니다. 나는 귀찮다는 윤석이와 함께 엄마를 거들었습니다.

화단 정리가 거의 마무리 되어갈 무렵에 아빠가 일을 마치고 귀가를 하셨습니다. 나는 반가운 마음에 아빠에게 달려가 얼싸 안겼습니다. 어릴 때는 윤석이도 아빠에게 곧잘 안기곤 했지만 이제는 다 큰 사내애가 그러긴 너무 민망하다며 고개만 까딱거립니다. 나는 자기보다 두 살이나 많은데도 여전히 이러는데 말입니다. 나이가 무슨 상관인지 모르겠습니다. 내가 보기엔 그냥 핑계로 보입니다.

"맞다! 어떻게 됐나?"

아빠가 이제 생각났다는 듯이 나에게 묻습니다. 역시 우리 아빱니다. 다른 식구들은 모두 잊고 있었는데, 아빠는 기억하고 있었습니다. 오늘이 진성 반도체 공장 합격자 발표 날이라는 것을.

나는 애써 밝은 표정을 지으며 아빠를 쳐다보았습니다. 아빠는 늘 말합니다. 택시 운전만 25년이어서 이제 사람 얼굴만 봐도 무슨 생각을 하고 어떤 사연을 가지고 있는 대번에 안다고 말입니다. 그래서 내 얼굴도 보고 알아맞혀 보라고 아빠를 빤히 쳐다보았습니다.

"떨어져도 괜찮아. 대학에 가면 되잖아."

옆에서 엄마가 날 위로해줍니다. 아빠는 여전히 어두운 얼굴로 나를 봅니다. 뭔가 엄마처럼 날 위로해주고 싶은데 무슨 말을 하면 좋을지 모르겠나 봅니다. 뭐야, 얼굴만 보면 다 안다고 하더니만…….

"나, 붙었어!"

나는 얼른 품에서 합격통지서를 꺼내 아빠에게 보여주었습니다.

"와! 우리 윤미 붙었구나. 내 딸 최고다!"

아빠가 만세를 부르며 나를 끌어안았습니다. 아빠가 이렇게 좋아하는 건 2002년 월드컵 때 우리나라가 4강 진출을 한 뒤로 처음입니다. 그렇게 좋은가 봅니다. 내가 진성 반도체 공장에 합격한 것이.

"칫, 공순이 월급 몇 푼이나 된다고. 티끌 모아봤자 티끌이야. 인생은 그냥 한 방……."

윤석이가 뭣 때문인지 입술을 삐죽거립니다. 아빠는 윤석이의 머리를 세게 쥐어박았습니다.

"한 방 맛이 어떠냐?"

윤석이가 정말로 아픈지 눈물까지 글썽이며 머리를 감쌉니다. 그러고는 아빠를 보며 툴툴거립니다.

"아! 아파, 졸라! 아빠, 자식을 이런 식으로 다루면 삐뚤어져. 나 사춘기야!"

아빠가 웃으면서 다시 주먹을 쥐어보였습니다.

"시끄러! 사춘기가 계급장이냐? 그러면 난 갱년기니까 너보다 훨씬 높네?"

윤석이가 잽싸게 집 안으로 달아납니다. 아빠도 윤석이를 쫓아 집으로 들어갔습니다. 엄마랑 나도 웃으면서 두 사람을 따라갔습니다. 왠지 합격통지서가 가족들에게 웃음을 준 것 같아 기분이 좋아졌습니다. 앞으로도 계속 좋은 일만 생길 것 같습니다. 반드시 그렇게 되리라, 하는 좋은 예감.

"아, 시원하다. 역시 우리 딸 안마 솜씨는 최고라니까."

엄마가 저녁 준비를 하는 동안 나는 아빠의 어깨를 주물렀습니다. 매일 운전대를 잡느라 아빠의 어깨는 늘 딱딱하게 굳어 있습니다. 이제 내가 회사에 들어가면 아빠의 어깨는 누가

주물러줄지 괜히 마음이 쓰입니다. 철없는 윤석이가 나를 대
신해서 그런 효도를 할 거란 기대는 하지 않습니다. 이 와중
에도 윤석이는 컴퓨터 앞에 앉아서 게임을 하느라 정신이 없
습니다.

“위엣 사람 말 잘 듣고, 회사 규칙 잘 지키고, 항상 성실하
게…….”

아빠가 염려스럽다는 듯 잔소리를 합니다. 나 혼자 타지생
활을 하는 것이 못내 마음에 걸리는 모양입니다.

“아유, 알았어. 아빤 나 못 믿어?”

내가 물으니 아빠는 딴청을 피우며 대답을 피합니다.

“노조 같은 거 가입해서 데모 같은 것도 하지 말고.”

그러면서 잔소리는 계속 늘어놓습니다. 역시 안심이 안 되
나 봅니다.

“선생님이 그랬는데 우리 회사는 그런 거 없대.”

내 말에 아빠가 놀라서 나를 쳐다보았습니다.

“노조가 없어? 아니, 왜?”

아무래도 믿기 어려운 모양입니다. 노조가 없는 회사라는
말이.

“월급을 많이 주니까 사람들도 불만이 없다나.”

나는 선생님께 들은 대로 설명을 했습니다. 아빠가 그러냐
며 고개를 끄덕입니다.

"야, 그러니까 참 좋은 회사구나."

엄마가 부엌에서 상을 들고 나왔습니다. 나는 엄마를 거들었습니다. 게임을 하던 윤석이가 냉큼 달려와 밥상 앞에 앉습니다. 뭐라고 주의를 줘도 소용이 없습니다. 엄마가 졌다는 듯 고개를 흔들었습니다. 그러고는 아빠를 보며 핀잔을 주었습니다.

"그러다가 동네방네 다 떠들고 다니겠네. 자식 자랑은 푼수나 하는 거라는데……."

아빠가 입술을 삐죽이더니 엄마를 보면서 물었습니다.

"그럼 안 좋나? 국민학교밖에 안 나온 놈의 딸이 한국에서 젤 좋다는 회사 들어갔는데? 이런 걸 자랑하지 않으면 뭘 자랑해?"

엄마가 맞는 말이라며 웃습니다.

싱싱한 멍게가 상 위로 올라왔습니다. 아빠가 소주 한 잔을 마시고 멍게를 입 안에 넣더니 껄껄 웃습니다.

"캬하, 죽인다. 바로 이 맛에 사는 거지."

나도 아빠를 따라서 젓가락을 집어 멍게를 맛있게 먹었습니다.

"욱, 누나는 그게 맛있나?"

윤석이가 비위 상한다는 듯 토하는 시늉을 합니다. 나는 보란 듯이 멍게를 더 집어서 맛있게 먹었습니다.

"멍게? 멍게는 바다의 꽃이 아니냐. 달콤한 게 참 좋아."

아빠가 뭘 모른다는 듯 윤석이에게 멍게에 대해 설명합니다.

"멍게가 꽃? 동물 아냐?"

윤석이가 황당하다며 아빠를 쳐다봅니다.

"다 이유가 있는 거야."

그러면서 아빠는 나에게 소주잔을 내밀었습니다.

"아니, 왜 애한테 술을 줘."

엄마가 놀라서 말립니다. 나는 엄마의 눈치를 보느라 망설였습니다.

"어허, 이제 다 큰 딸이랑 한잔하겠다는데? 소주랑 같이 먹으면 훨씬 더 맛있지."

나는 아빠가 따라주는 소주를 가볍게 입 안에 털어 넣고 안주로 멍게를 집어먹었습니다.

"캬, 진짜 짱이네!"

아빠와 엄마가 놀란 얼굴로 나를 보았습니다. 나는 아차 싶어서 몹시 당황했습니다. 아빠가 눈을 휘둥그레 뜨며 물었습니다.

"원 샷을?"

윤석이가 이때다 하고 끼어들었습니다.

"누나 술 잘 마셔. 가끔 친구들이랑……."

나는 얼른 윤석이의 입을 막았습니다. 그러고는 미심쩍다는 눈으로 나를 바라보는 아빠에게 말했습니다.

"내가 노래 불러줄까? 아빠 십팔 번으로?"

아빠가 대답하기도 전에 얼른 기타를 가져왔습니다. 그리고 코드를 잡고 기타를 퉁기며 노래를 불렀습니다.

길을 걸었지 누군가 옆에 있다고 느꼈을 때 나는 알아버렸네

이미 그대 떠난 후라는 걸 나는 혼자 걷고 있던 거지

갑자기 바람이 차가와지네

마음은 얼고 나는 그곳에 서서 조금도 움직일 수 없었지

마치 얼어버린 사람처럼 나는 놀라서 있던 거지

달빛이 숨어 흐느끼고 있네

우 떠나버린 그 사람 우 생각나네

우 돌아선 그 사람 우 생각나네

아빠가 가장 좋아하는 노래, 산울림의 '회상'입니다.

내가 노래를 하기 시작하자, 아빠의 굳었던 표정이 눈 녹듯

사르르 풀립니다. 아빠가 웃으면서 내 노래를 따라 부릅니다. 엄마도, 윤석이도 나직이 흥얼거립니다. 나는 더 열심히 노래를 불렀습니다.

이제 며칠 후면 집을 떠나야 하기 때문에, 그러면 지금처럼 아빠에게 노래를 불러줄 수가 없으니까. 내가 불러줄 수 없는 날들의 몫까지, 정말 열심히 불렀습니다.

상구의 이야기

윤미가 집으로 돌아온 건, 진성 반도체에 입사하고 난 뒤, 1년 4개월 만이었어요. 갑자기 멀쩡하던 애가 몸이 아파서 휴직을 했다는 거예요.

내가요, 택시만 25년이에요. 매일같이 많은 사람들을 만나요. 그래서 사람 얼굴만 봐도 대번에 알아요. 반 무당이나 다름없어요. 그런데 내가 우리 딸아이가 회사에 들어가서 갑자기 몸이 아프다고 집으로 돌아왔을 때 아무것도 몰랐겠어요?

윤미는 그냥 몸살이라고 하지만 아무리 봐도 그게 아니었어요. 며칠만 더 두고 보기로 했지만 마음이 안 편했어요.

윤미는 원래 건강한 아이였어요. 한 겨울에도 감기 한번 걸려본 적이 없었어요. 그런 내 딸이 피죽도 못 먹은 사람처럼 눈빛이 퀭하고 기운도 없어 보이는데 왜 모르겠어요. 내가 아무리 남들만큼 많이 배우진 못했어도 그런 건 잘 알아요. 눈치도 빠르고.

안되겠다 싶어 집사람이랑 같이 윤미를 데리고 병원에 갔어요. 윤미네 회사 지정 병원인데 아주 큰 병원이고 박사님도 많은 병원이라고 했어요. 그래서 거기서 피도 많이 뽑고, CT니, MR이니 하며 생전 처음 듣는 별의별 검사를 다 받았어요. 정말 검사가 많더라고요. 시간도 많이 걸리고. 그래도요, 윤미가 아프지만 않으면 다행이라고 생각했어요.

그리고 며칠 후에 검사 결과를 들으러 병원에 갔어요. 의사 선생님이 사진이랑 차트를 보더니 처음엔 말을 잘 못하는 거예요. 그때 겁이 덜컥 났어요. 아하, 뭔지 모르지만 내 딸이 심각한 병에 걸린 모양이구나. 이제 이걸 어쩌면 좋나. 마음이 무거웠어요. 우리 딸, 우리 착한 윤미 아프면 안 되는데, 너무 걱정이 되었어요.

"따님이 반도체 공장에서 일했다고요?"

의사 선생님이 심각한 얼굴로 물었어요. 미간을 찡그리면서, 자꾸 흘러내리는 안경을 밀어 올리며 우리 내외의 눈치를 살폈어요. 그게 뭐겠어요. 그때 난 알았어요. 내 예감이 틀리지 않았다는 것을.

"지금 따님 핏속에 백혈구가 미친 거예요. 그러니까 자기 친구들인 적혈구, 혈소판 같은 걸 막 잡아먹어요."

"그럼 그게 무슨 병인가요?"

아내가 떨리는 목소리로 물었어요.

"백혈병입니다."

의사 선생님 말씀을 듣고 하늘이 무너지는 줄 알았어요. 백혈병이라니 왜 건강하던 우리 윤미가 그런 병에 걸렸는지 도무지 이해할 수가 없었어요.

"그게 무슨 소리에요? 우리 애는요 감기두 잘 안 걸렸어요."

내가 거듭해서 묻자 의사 선생님이 안경을 고쳐 쓰면서 심각한 얼굴로 우리 내외를 번갈아 보았어요.

"혹시, 집안에 이 병 걸리신 분 있으세요?"

우리 집안에선 그런 큰 병으로 돌아가신 양반이 없었어요. 혹시, 처가엔? 그래서 아내를 쳐다보았더니 고개를 흔드는 거예요. 하기야 내가 알기로 장인어른도 무척 건강하셨고, 처형도 아주 강골이에요.

"그딴 병, 드라마에서나 봤지……."

아내가 내 어깨에 얼굴을 묻고 흐느꼈어요. 내가 해줄 수 있는 거라곤 아내를 보듬어주는 것밖에 없었어요. 정말 망막했어요.

"선생님."

"네"

의사 선생님께 물었어요. 내가 앞으로 어떻게 하면 좋은지. 아니, 당장 윤미에게 어떻게 이 이야기를 전하면 좋을지, 정말로 아무것도 모르겠어서 의사 선생님께 조언을 구하고 싶었어요. 저보다 많이 배운 분이니까 이럴 때 어떻게 하는 게 맞는지 잘 아실 것 같았어요.

"이럴 때는, 뭐라고 해야 하나요. 제 딸아이한테……."

그런데 의사 선생님은 대답을 해주지 않았어요. 그저 우리 두 내외를 착잡하게 바라보면서 한숨을 내쉬었어요.

돌아오는 차 안에서 윤미는 깊이 잠들었어요. 하루 종일 피곤했는지 차에 타자마자 졸음이 쏟아진다면서 아내 무릎을 베고 자기 시작했어요. 윤미에게 어떻게 이야기를 해줘야 하나 고민하던 참이었는데 차라리 잘되었다 싶었죠. 아빠라는 게, 만날 좋은 이야기보다 나쁜 이야기만 전해줘서 미안했었거든요.

운전을 하면서 맘속으로 집에 도착할 때까지 윤미가 계속 자고 있기를 바랐어요. 그런데 또 마음먹은 대로 되는 건 아니더라고요. 집으로 가는 도중에 윤미가 잠을 깼어요. 그리고 우리에게 묻더라고요. 결과가 어떻게 나왔는지. 나는 운전을 핑계로 대답을 해주지 않았어요. 아내도 차마 말을 하기가 힘들었는지 계속 창밖만 바라보았고요. 근데요. 우리 윤미가 나를 닮아서 그런지 눈치가 참 빨라요. 대번에 뭔가 이상하다는 걸 알아차린 거예요. 그래서 우리에게 다시 물었어요.

"왜 말을 안 해줘? 뭔데. 나 죽을병이라도 걸렸어? 큰 병이야?"

그때 아내가 참지 못하고 울기 시작했어요. 참았어야 하는데 그러질 못했어요. 그리고 나도 자꾸만 눈물이 나려고 해서 윤미에게 들키지 않으려고 차창을 내렸어요.

"아빠, 말해봐. 나 죽는데? 무슨 병인데!"

결국 나는 윤미에게 말했어요. 백혈병이라고. 차마 거짓말까지는 못 하겠더라고요. 갑자기 윤미가 차를 세워 달라고 했어요. 나는 머뭇거리다가 차를 세웠어요. 윤미가 갑자기 문을 열고 밖으로 뛰어나갔어요. 깜짝 놀라서 나도 내려서 쫓아갔죠.

윤미를 불렀어요.

하지만 윤미는 멈추지 않았어요. 계속 달려갔어요. 아무리 불러도 뒤를 돌아보지 않고 소리를 지르며 달려갔어요.

"내가 왜? 왜 내가! 내가 뭘 잘못했는데! 내가 뭘 잘못했는데 왜!"

나는 윤미에게 네 잘못이 아니라고 말해주고 싶었어요. 하지만 입이 떨어지지 않았어요. 그럼 윤미가 물을 것 같았어요. 아무 잘못도 하지 않았는데 왜 내가 이런 병에 걸려야 하냐고 되물으면 대답할 자신이 없었기 때문이죠. 그래서 그냥 윤미를 부르며 계속 쫓아가는 것 말고는 아무것도 할 수가 없었어요.

윤미는 한참을 더 달리다가 제풀에 쓰러졌어요. 내가 달려갔을 때는 두 손을 짚고 오열하고 있었어요.

나는 내 딸을 꼭 끌어안아줬어요. 달리 해줄 수 있는 게 없었으니까요.

너는 괜찮을 거다…….

꼭 나을 거다…….

그러니…… 기운 내라.

겨우 이런 말들을 해줄 뿐이었어요.

윤미의 눈물에 내 셔츠가 젖어갔어요.

나는 너무 미안해서 눈물을 흘릴 수가 없었어요. 아빠가 되어서 딸이 이렇게 큰 병이 걸렸는데도 아무것도 해줄 수 없는 내 자신이 미워서 울 수가 없었어요. 그래서 가만히 안아주기만 했어요.

윤미의 눈물을 닦아줄 수도, 같이 울어줄 수도 없었어요. 그저 속으로만 삭이며, 맘속으로만 울었어요. 그런데요, 소리를 내서 우는 것보다, 눈물을 흘리는 것보다, 속으로 삭이며 우는 게 더 아프고 힘들었어요. 심장이 터지는 것 같더군요. 한편으로 내가 이런데, 우리 윤미는 얼마나 아프고 억울할까 싶었어요.

나는 참 못난 아빠인가 봅니다.

윤미의 머리카락이 빠지기 시작해서 아내가 윤미의 머리를 바리캉으로 밀어주었어요. 집에 욕조도 하나 없어 커다란 고무대야를 락스로 몇 번이나 닦아서 거기에 물을 받았어요. 윤석이에게 맡겨놨더니 이 철없는 녀석이 누나를 위해서 그러는 걸 알면서도 건성으로 하며 투덜대다가 나가버렸어요. 기대하지도 않았지만 결국 내가 마무리를 지었어요.

나는 물을 받아주고 자리를 피해주었죠. 아내는 의자를 가져와 윤미를 앉히고는 머리를 깎았어요.

사락사락, 머리카락이 떨어지는 소리가 들릴 때마다 억장이 무너지는 것 같았어요. 듣지 않으려고 했지만 아무리 귀를 막아도 바로 옆에서 깎고 있는 것처럼 너무나 선명하게 들렸어요. 어쩌면 윤미에게 미안한 마음이 만든 환청인지도 모르죠.

머리를 다 깎고 윤미가 나오고 나서 뒷정리를 하러 들어갔는데 바닥에 수북하게 쌓인 머리카락들을 보고 너무 가슴이 아파서 한동안 멍하니 서 있기만 했어요.

그리고 빗자루로 머리를 쓸어 담다가 그만 울컥하고 쪼그리고 앉아 눈물을 흘렸어요. 혹시나 아내와 윤미가 들을까봐 두 손으로 입을 틀어막고 꺼이꺼이 울었어요. 너무 미안하기도 하고, 우리 딸이 안쓰럽기도 하고.

하루에도 몇 번씩 윤미를 볼 때마다 마음이 너무 아팠지만 내색할 수는 없었어요. 밤낮없이 아프다고 할 때면 정말 미칠 것 같았지만, 나까지 그러면 아내나 윤미가 너무 힘들어할까봐. 아무리 아프고 속상해도 꿋꿋하게 참아냈어요. 안 그러면, 정말 견딜 수 없을 것 같았어요.

"아, 아, 아파. 엄마, 아파……."
일을 마치고 돌아와 밥상 앞에 앉았는데 통 입맛이 없었어요. 윤미의 빈자리가 너무 크기도 했고. 방에서 아프다고 고통을 호소하는 딸아이의 신음소리를 듣고 있으려니 도저히 밥이 목구멍에 넘어가지 않았어요. 아내와 나는 수저를 놓았어요.
우리들 중 식욕을 잃지 않은 건 윤석이뿐이었죠. 무지렁이 같은 놈이 제 누나가 바로 옆방에서 아프다고 하는데도 꾸역꾸역 잘도 처먹더군요. 내 아들이 이렇게도 박정한 놈이었나 싶어 쳐다보는데, 이놈이 한술 더 떠서 아픈 누나한테 못할 소리까지 하는 거예요.
"등신같이 왜 저딴 병에는 걸려가지고……."
참을 수가 없어서 아들의 머리를 쥐어박았죠. 그랬더니 이놈이 억울하다는 듯이 수저를 내던지는 거예요.
"아, 씨. 더럽고 치사해서 안 먹는다! 안 먹어!"

보다 못해 한마디 해줬어요.

"그게 먹는 거냐? 처넣는 거지."

내 말이 끝나기가 무섭게 윤석이가 씩씩거리며 나가더니 뭘 봤는지 우뚝 멈추는 겁니다. 무슨 일인가 싶어서 내다보니 처음 보는 남자가 손에 과일바구니를 들고 서 있는 거예요. 윤석이가 성질을 부리며 집을 나가고, 그 남자가 집으로 들어 왔어요.

"누구신지……?"

내가 물었어요.

남자가 내 손을 살갑게 잡으면서 자기를 소개했어요.

"안녕하십니까, 아버님. 진성 반도체 인사 관리팀의 이보근 실장입니다."

딸아이의 회사에서 사람이 찾아온 건 처음이었어요. 여태 껏 아무 연락도 없다가 갑자기 웬일인가 싶어서 불안한 마음 이 들었어요. 그러고 보니 벌써 윤미가 휴직을 한 지 1년이 넘 었더군요.

아내가 상을 물리고 급히 커피를 타서 집에 있는 과자랑 같 이 내왔어요.

이 실장이란 남자는 넉살도 좋게 커피에 과자를 적셔서 먹 으며 묘한 미소를 지었어요. 나는 가만히 이 실장의 얼굴을 뜯어보았죠. 그런데요. 내가 택시 운전만 25년을 하면서 많은 사람들을 봐왔지만, 그래서 얼굴만 봐도 어떤 사연이 있고 어떤 마음인지 대번에 아는데요. 이상하게 이 실장은 아무리 얼굴을 뜯어봐도 잘 모르겠더라고요. 이런 경우는 처음이었어요. 한마디로 잘라서 말하기가 애매한 사람이었어요.

"오랜만에 먹으니까 이런 것도 맛있네."

무엇보다 이 사람이 찾아온 이유가 궁금했어요.

"저기, 무슨 일 때문에……."

나는 조심스럽게 물었어요.

그런데 이 남자는 내가 아니라 다른 데를 보고 있었어요. 그 시선을 따라가 보니 윤미 방을 보고 있더군요. 윤미도 살짝 열린 문틈으로 남자를 쳐다보고 있고. 이 실장은 윤미와 눈이 마주치자 씩 웃더군요.

정말 속내를 알 수 없는 사람이구나, 하고 생각하는데…….

이 실장이 자리에서 일어나 윤미 방으로 가는 거예요. 우리 내외도 당황해서 따라 들어갔어요.

"윤미 씨? 아이고, 고생 많으시네."

윤미가 몸을 일으키려고 하자, 이 실장이 웃으면서 손을 저었어요. 그냥 누워 있으라고.

"편히 계세요. 편히. 뭐 대단한 사람 왔다고."

이 실장과 우리 내외는 윤미 방에 둘러앉았어요. 이 실장은 우리 내외와 윤미를 번갈아보더니 조용히 말했어요.

“갑자기 찾아와 이런 이야기를 꺼내서 정말 죄송합니다만, 아무래도 윤미 씨가 사표를 쓰셔야겠어요.”

그 말을 듣자, 윤미가 눈을 질끈 감았어요.

“사표요?”

내가 되물었어요.

“휴직하신 지 벌써 1년이 지나지 않았습니까?”

이 실장이 우리에게 사유를 설명해줬지만 너무나 야박하게만 들렸어요. 왠지 억울한 기분도 들었고.

“아무리 그래도 몸이 아픈데 그냥 나가라고 하면…….”

이 실장이 서류가방에서 봉투를 꺼내 우리에게 내밀었어요.

“저희 사원들이 성의를 모았습니다.”

봉투를 열어본 아내가 깜짝 놀라는 표정으로 나를 쳐다보았어요. 나는 금액을 확인하고 눈을 크게 떴어요.

사천만 원. 이렇게 큰 거금을 만져본 적은 처음이었어요. 우리 내외는 너무 놀라서 이 실장을 쳐다보았어요.

“사표 쓰시면 사천 더 해드릴 겁니다.”

이 실장이 웃으면서 말했어요.

사천만 원을 더. 그 돈이면 우리 윤미 아픈 걸 고칠 수도 있을지 모른다는 생각이 들었습니다. 하지만…….

이 실장이 윤미를 흘끗 보더니 미소를 지었어요. 그때부터,

잘 보이지 않던 이 실장의 얼굴이 조금씩 보이는 것 같았어요.

"고맙습니다. 고마워요."

아내가 이 실장에게 머리를 숙였어요. 하지만 나는 탐탁지 않았어요. 꼭 우리 딸을 내쫓는 것 같아서.

"그게, 그래도 좀……. 사표를 쓰는 건 회사를 그냥 나가라는 건데……."

딸아이 입장도 있고 해서 좀 따지려는데 아내가 내 팔을 잡으며 고개를 흔들었어요.

"애 골수이식 받아야 되잖아. 그 돈은 어떡하려고?"

돈, 항상 그놈의 돈이 문제입니다. 나는 입술을 꽉 깨물었어요.

백혈병은 의료보험이 적용되지 않아서 병원비가 많이 들어요. 얼마 전에 통장잔고가 바닥나서 염치불구하고 처형에게 돈을 꾸었어요. 하지만 그 돈으로는 턱없이 부족해서 간신히 윤미의 한 달 치 약값밖에 되지 않았어요. 윤미가 나으려면 골수이식을 해야 하고, 또 그러려면 돈이 많이 들었어요. 우리에게 이 사천만 원은 딸아이의 목숨 값이나 다름없었어요.

고개를 돌리니 너무 아파서 숨조차 제대로 쉴 수 없는 윤미의 얼굴이 보였어요. 어쩌겠습니까. 나는 윤미의 아빠에요. 내 딸을 살려야죠.

나는 어쩔 수 없이 고개를 끄덕였어요.

이 실장이 나를 보더니 흡족하게 웃었어요. 마치 소기의 목적을 달성했다는 듯이. 순간 아차, 싶었지만 이미 끝난 일이었어요.

"대신에, 산재 같은 거 신청하시면 안 됩니다."

무슨 말인지 몰라 되물었어요.

"산재요?"

이 실장이 그것도 모르냐는 듯이 짧게 한숨을 내쉬었어요.

"산업 재해 보험. 회사에 병 걸린 책임 돌리는 거 있지 않습니까?"

나는 말없이 고개를 끄덕였어요.

이 실장이 서류가방을 열고 하얀 백지를 꺼냈어요. 그리고 그걸 반으로 접더니 윤미의 손을 잡고 손가락에 인주를 묻히고는 그 백지에 지장을 찍었어요. 왠지 찜찜한 기분이 들었지만 나는 아무 말도 할 수 없었어요.

"여기다가요. 윤미 씨 주민등록번호랑 이름을 쓰세요."

윤미가 내키지 않는다는 눈빛으로 나를 쳐다보았지만 나는 조용히 고개를 끄덕였어요.

잠시 후, 용무를 마친 이 실장이 자리에서 일어나고, 우리 내외도 배웅을 하러 문 앞까지 따라나섰어요.

"고맙습니다. 정말 고맙습니다."

아내가 허리를 굽히며 인사했어요.

“별 말씀을. 인간 된 도리가 그렇죠. 그럼. 안녕히. 윤미 씨도 건강 꼭 찾으시고요.”

그때였습니다. 처음으로 이 실장의 얼굴이 제대로 보인 것이.

나는 순간 후회가 밀려와서 다시 물려야 하나 고민했어요. 하지만 아파하는 윤미를 생각하면 그럴 수는 없었죠. 이미 엎질러진 물이니, 윤미의 병을 낫게 하는 데만 신경을 쓰기로 했죠. 그게 지금 내가 윤미를 위해 해줄 수 있는 최선의 선택이라고 생각했어요.

“살펴 가세요.”

나는 이 실장의 뒷모습을 보며 맘속으로 간절히 빌었어요. 이 결정을 훗날 후회하지 않기를.

이 실장이 다녀가고 얼마 후, 윤미가 이상한 이야기를 꺼냈어요. 그건 그때까지는 한 번도 하지 않았던 이야기라 듣고 나서 깜짝 놀랐습니다. 우리 윤미 말고도 회사에서 백혈병에 걸린 사람이 더 있다는 거예요.

“그게 뭔 소리야? 회사 언니도 백혈병에 걸렸다니?”

아내가 물었어요.

“숙희 언니라고 나한테 일 가르쳐 줬는데…….”

윤미도 최근에 그 이야기를 들었다고 했어요. 윤미가 휴직하고 나서 얼마 지나지 않아 똑같이 아파서 휴직을 했는데 검사를 받아보니 백혈병이라고. 왠지 들어선 안 될 이야기를 들은 기분이었어요.

"혹시, 얘도 회사에서……."

아내가 내게 묻는데 나는 쓸데없는 소리라고 일축했어요. 이때만 해도 절대로 그럴 리가 없다고 생각했으니까요. 누가 뭐래도 진성 반도체는 우리나라에서 가장 좋은 회사이고 세계적인 회사 아닌가요? 그래서 전혀 의심을 하지 않았어요. 절대로.

"그런 쓸데없는 소리하지 마. 그 좋은 회사에서……."

평소랑 다르게 아내는 고집스럽게 이야기를 했어요.

"얘, 휴가 와서도 피곤하다고 맨날 잠만 자는 거 못 봤어? 윤미야, 너 말구 아픈 사람 더 없었니?"

아내가 묻자 윤미는 고개를 끄덕였어요. 처음에는 긴가민가했는데 자꾸만 이상하다는 생각이 들었습니다.

"다들 골 아프다고 하고 생리도 거른다고 했어. 유산한 언니들도 꽤 있고……."

이야기를 하다말고 윤미가 내 눈치를 보며 말끝을 흐렸어요.

"힘들면 힘들다고 윗사람한테 말했어야지!"

왜 그랬을까요. 저도 모르게 그만 딸아이를 윽박지르고 말았어요. 윤미를 나무라려는 게 아니라 너무 속상해서 그랬습니다. 어쩌면 그건 내 자신에게 지른 소리인지도 모르겠어요. 너무 한심해서.

"나는 막낸데 그런 말을 어떻게 해?"

윤미가 야속하다는 듯이 내게 따졌어요. 자기 입장을 그렇게 이해해주지 못하냐며.

"왜 말을 못해? 그러면 아빠한테라도 했어야지!"

결국 참지 못하고 소리를 질렀어요. 제때에 도와주지 못한 게 너무 한스럽고 또 화가 나서. 그러면 안 되는 줄 알지만, 그래도 너무 화가 났어요.

"좋은 회사 들어갔다고 동네방네 자랑하구 다닌 게 누군데? 내가 그만두면 뭐가 돼? 아빠 망신당할 거 아니야!"

할 말이 없었어요. 내가 딸에게 뭐라고 하겠습니까? 그저 미안하고 안타깝고 화가 날 뿐이었습니다. 그래서 차마 딸아이를 똑바로 쳐다볼 수가 없었어요. 시선이 마주치는 것만으로도 너무 아팠어요.

그때 윤미가 구역질을 하다가 갑자기 쓰러지더니 정신을 잃어버렸습니다. 눈앞이 캄캄해졌어요.

"윤미야!"

아내가 윤미를 안아 일으키는데 죽은 사람처럼 꿈쩍도 안 했습니다. 심장이 방망이질했어요. 이러다가 윤미를 영영 잃어버리는 건 아닌가. 내 딸, 윤미가 이대로 가버리면 어쩌나. 머릿속이 새하얘졌어요. 그담부터는 어떻게 차로 달려갔는지 기억이 없을 정도입니다. 아마도 무작정 윤미를 업고 뛰었던 모양입니다.

다시 정신을 차렸을 때는 내가 운전대를 잡고 있었어요. 내가요, 택시 운전 25년을 했지만 지금껏 한 번도 딱지를 떼본 적도 없고 속도위반을 해본 적도 없어요. 하지만 이때는 그런 걸 생각할 겨를도 없었어요. 그냥 미친 듯이 밟았습니다. 뒤에선 윤미가 자꾸 뭔가 중얼거리는 소리가 들렸어요. 자꾸 죄송하대요, 미안하답니다. 대체 저 아이가 뭘 잘못했는데 저렇게 빌고 있는지, 답답하고 안쓰러웠습니다. 아픈 게 잘못은 아니잖아요.

"제가 잘못했어요. 엔지니어님. 언로딩 후 정상적으로 진행했는지 확인 후 폴로우 했어야 하는데……."

"윤미야, 괜찮아. 엄마 여기 있어. 윤미야……."

아내가 아무리 불러도 윤미는 계속 혼미한 상태에서 알 수 없는 말들을 중얼거렸어요. 무슨 소리를 하는지 전혀 못 알아들을 소리만.

"죄송해요. 모르는 건, 처음 보는 건, 무조건 홀드하고 통보해야 하는데……. 죄송해요. 용서해주세요 조장님……."

"윤미 좀 어떻게 해봐!"

나도 모르게 아내에게 소리를 질렀습니다. 그러면 안 되는 줄 알면서도 마음이 급하니 애꿎은 아내에게 성을 냈어요. 아내는 내게 대꾸하지 않고 계속 윤미를 달랬어요. 아내나 나나 너무 무서웠습니다. 둘 다 무서워서 제정신이 아닌 것 같았어요. 그러다 정말 윤미가 어떻게 돼버리면 미쳐버릴지도 몰랐습니다.

간신히 병원에 도착하니 의사 선생님과 간호사들이 입구에서 기다리고 있었어요. 그분들이 윤미를 침대에 옮겨서 어딘가로 데려갔어요. 우리 내외도 정신없이 쫓아갔습니다. 윤미는 여전히 의식이 없었어요,

"죄송해요, 조장님. 제가 잘못했어요. 용서해주세요……."

윤미가 계속 헛소리를 합니다. 누군가에게 계속 용서를 빌었어요. 무엇을 그리 잘못했다고 저렇게 빌고 또 비는지.

"좀 괜찮아 진 거 같더니……. 선생님, 애가 왜 이래요? 뭐 때문에 이러는 거예요? 네? 선생님, 제발 뭐라고 말씀 좀 해주세요."

의사 선생님에게 물었어요. 내 딸이 왜 이러는지, 갑자기 왜 이렇게 아파하는지.

"이 병에 백 프로는 없어요. 언제 재발할지 모르니까."

저보다 많이 배운 의사 선생님도 모르겠다고 합니다. 이렇게 답답한 소리만 하고 있으면 우리 같은 사람은 뭘 어떻게

하라는 건지.

"선생님, 제발……. 많이도 안 바래요. 내 딸 보구 싶을 때 보구 만지구 싶을 때 만지게만 해주세요."

아내가 의사 선생님에게 매달리며 애원했어요. 저도 같은 심정이었습니다. 똑같은 마음이었어요. 정말 많은 걸 바라는 게 아닙니다. 그냥 앞으로도 쭉 내 딸, 윤미를 곁에 두고 보고 싶을 때 보고…….

"맞는 골수부터 찾아보죠."

만날 똑같은 이야기.

골수 이식…….

그사이에 윤미가 수술실로 들어갔습니다. 우리 내외는 들어갈 수 없으니 밖에서 기다려야 했어요.

갑자기, 들릴 리 없는 윤미의 비명소리가 귓가에 울렸습니다. 너무 놀라 벌떡 일어났더니 더욱 선명하게 들렸어요.

윤미가 나를 부르고 있었어요.

아빠, 나 너무 아파.

아빠, 나 좀 살려줘.

아빠, 아빠…….

윤미의 이야기

어디선가 나를 부르는 아빠의 목소리가 들려서 정신을 차리니 하얀 빛이 머리 위에서 쏟아지고 있었습니다.

수술실 같았습니다. 나는 한가운데 침대에 엎드려 있었습니다.

너무 무서워 아빠를 찾았지만 이곳엔 계시지 않았습니다. 아빠를 부르고 싶어도 목소리가 나오질 않았어요.

너무 무서웠습니다. 차디찬 이곳에 가족도 없이 나 혼자 있다는 사실이.

사람들의 목소리가 들렸습니다. 의사 선생님과 간호사들 목소리였습니다.

갑자기 간호사 언니들이 내게 다가와 팔다리를 세게 붙잡았습니다. 내가 움직이지 못하도록, 마치 결박하듯이.

그때 의사 선생님이 기다란 바늘이 달린 주사기를 들고 나타났습니다. 태어나서 처음 보는 아주 커다란 주사기였습니다.

설마, 저걸 내 몸에 꽂는 걸까?

두려움이 밀려와 몸이 부들부들 떨렸습니다. 달아나고 싶었습니다. 그러자 간호사 언니들이 나를 더욱더 꽉 붙잡았습니다. 순간 등골이 서늘해지는 느낌이 들더니 이질적인 감촉과 함께 뭔가가 내 몸을 뚫고 들어왔습니다.

너무 아팠습니다.

아파서 죽을 것만 같았습니다. 이대로 죽는 게 아니나 싶을 정도로 아팠습니다. 그래서 살려달라고 외치고 싶었습니다. 하지만 내 입에선 말이 아니라 비명소리만 나왔습니다. 아무리 비명을 지르고 애원해도 고통은 끊이지 않았습니다.

그리고 정신을 잃었습니다.

다시 정신을 차렸을 때는 병실에 누워있었습니다. 다행히 이번에는 혼자가 아니었습니다. 엄마와 아빠가 함께였습니다.

엄마가 걱정스럽게 나를 내려다봅니다. 아빠는 어린애처럼 울면서 내 손을 꼭 잡았습니다. 어릴 때는 몰랐는데 우리 아빠는 눈물이 참 많은 것 같습니다. 그게 다 나 때문인 것 같아 너무 미안했습니다. 하지만 미안하다는 말을 하기도 전에 잠이 쏟아졌습니다. 꼭 말을 해주고 싶은데.

아빠, 내가 이렇게 아파서 미안해……

그 뒤로 지루한 병원 생활이 몇 달이나 이어졌습니다.

지루하고 답답했지만 몸이 아프니 어쩔 수가 없었습니다. 이런 큰 병원에 오래 입원해 있으면 병원비가 많이 들어갈 텐데. 너무 걱정되니 또 마음이 불편해졌습니다. 하지만 퇴원을 하고 싶어도 내 맘대로 되는 게 아니라서 부모님께 미안한 마음만 커질 뿐이었습니다. 그렇게 이러지도 저러지도 못하면서 병원 생활을 이어가던 어느 날, 반가운 얼굴들이 나를 찾아왔습니다.

성미와 현주. 회사에서 같이 근무하던 또래 친구들입니다.

"회사에서 너 면회도 못 가게 하더라."

성미가 너무 미안하다면서 그동안 찾아오지 못한 이유를 말해주었습니다.

"왜?"

이해하기 힘들었습니다. 왜 회사에서 면회를 못하게 하는 것인지. 그게 무슨 큰 잘못이라도 되는 건지. 아무리 생각을 해봐도 이유를 모르겠습니다. 내가 그렇게 문제를 일으키는 존재인가 싶기도 하고.

괜히 화가 났습니다.

"우리도 모르지."

성미가 내 표정을 읽고 고개를 흔들었습니다. 하긴, 성미에게 화낼 일도 아닌데 나는 미안해져서 살며시 웃었습니다.

"근데, 산업 재해 신청은 해봤어?"

현주가 말했습니다.

산재. 그러고 보니 지난번에 집까지 찾아왔던 회사 직원도 비슷한 말을 했던 것 같습니다. 네, 분명히 산재였습니다.

"그게 뭔데?"

내가 묻자 성미는 정색한 얼굴로 고개를 흔들었습니다. 마치 입에 담으면 안 되는 말이라도 한 듯.

"야. 우리 회사는 그런 거 안 해줘."

현주도 이해할 수 없는 얼굴로 성미를 쳐다보았습니다.

"왜? 하여튼 하는 짓들이 좀 뭔가 이상해."

성미는 자기도 잘 모른다며 어깨를 으쓱해보였습니다. 하기야 성미도 우리처럼 똑같은 입장이니 자세한 내막은 모르겠죠.

잠시 어색한 침묵이 흘렀습니다. 그렇게 한번 이야기가 끊기자 어떤 말을 꺼내야할지 막막했습니다. 멍하니 얼굴만 쳐다보고 있는 것도 그렇고.

그러다가 성미가 뭔가 생각났다는 듯이 쇼핑백에서 원피스를 꺼냈습니다. 안 그래도 아까부터 궁금했던 참이었는데, 나에게 주려고 사온 선물인 모양입니다.

"이거 봐라? 선물. 신상이다, 신상. 예쁘지? 그러니까 얼른 나아서 소개팅도 가고 신화 콘서트도 가고…….”

나는 성미가 꺼낸 원피스를 가만히 쳐다보았습니다. 정말
로 예뻤습니다. 새하얀 원피스. 다시 건강해져서 이 원피스를
입고 신화 콘서트에 갈 수 있는 날이 올까요? 아마도 힘들겠
지만, 병이 과연 나을지도 잘 모르겠지만, 그래도 마음속으로
간절히 바랍니다. 그런 날이 오기를.

“그 얘기 알아? 전진이랑 신혜성이랑…….”

현주가 신화 팬클럽 멤버인 친구에게 들었다며 전진의 열
애설, 그리고 신혜성의 숨겨둔 여자 친구 이야기를 해주었습
니다. 말도 안 되는 이야기도 있었고, 귀가 솔깃해지는 이야
기도 있었습니다. 무엇보다 모처럼 친구들과 수다를 떨 수 있
다는 게 너무나 좋았습니다. 덕분에 정말로 오랜만에 웃을 수
있었습니다.

병실 밖에서 조용히 이쪽을 지켜보던 아빠도 따라서 웃었
습니다. 물론 우리에게 들킬까봐 소리를 내진 않았습니다. 그
냥 조용히, 미소를 지었습니다. 아빠의 미소를 보는 것도 정
말 오랜만이었습니다. 매일 봤으면 참 좋을 텐데…….

친구들에게 대접할 음료수를 사러 나갔던 엄마가 어두운
얼굴로 돌아왔습니다. 무슨 일일까요? 나를 흘끗 보더니 조
용히 아빠를 데리고 복도로 나갑니다. 따라가서 무슨 이야기
를 나누는지 듣고 싶었지만 그럴 수 없으니 무척 답답했습니

다. 자꾸만 엄마의 어두운 표정이 마음에 걸렸습니다.
또 무슨 일로 그러는 건지…….

상구의 이야기

그때, 윤미 친구들이 오기 전에 미리 음료수라도 준비해야겠다며 매점으로 갔던 아내가 어두운 얼굴로 돌아왔어요. 아내는 갑자기 내 팔을 잡아끌더니 복도 끝으로 데려갔어요. 마치 윤미의 눈에 띄어도 안 되고, 우리가 나누는 대화도 들어선 안 된다는 듯이.

불안해졌습니다. 아내의 표정이 너무나 어두워서.

아내는 한참을 끌더니 놀라운 이야기를 했습니다. 윤미가 일하던 회사에서 백혈병에 걸린 사람이 더 있다고. 그것도 다섯 명이나. 내 귀를 의심했어요. 백혈병은 아무나 쉽게 걸리지 않는 큰 병이라고 들었는데 어떻게 같은 회사에서 다섯 명이나 걸릴 수 있는지. 무슨 감기도 아니고…….

"다섯 명이나? 백혈병에?"

나는 다시 물었어요.

“윤미 일하던 3라인에서만 그랬대.”

“그게 누군데?”

“몰라. 매점에 다녀오다가 로비에서 우연히 쟤들이 하는 이야길 들었어. 그래서 물어보니까 그러더라고. 다섯 명이나 걸렸다고. 뭔가 이상하지 않아?”

아내가 소곤거리듯 나직한 목소리로 말했어요. 마치 누가 들으면 큰일이라도 날 것처럼.

“그럼 우연이 아닐까?”

내 말에 아내가 고개를 가로저었습니다. 그건 절대로 아니라는 듯.

“아냐, 안 그래도 내가 의사한테 물어봤어. 십만 명에 한두 명이 이병에 걸릴까 말까래. 같은 직장서 그렇게 병 걸리는 게 있을 수 있는 일이야?”

다시 머리가 복잡했습니다. 예전에 아내가 이런 이야기를 꺼냈을 때만 해도 말도 안 되는 억측이라고 생각했는데, 같은 직장에서 그런 큰 병에 걸린 사람이 다섯이나 더 있다면 이건 좀 다른 문제니까요. 한두 명도 아니고 다섯 명이라니. 우연이라고 하기엔 너무 많잖아요. 아무래도 직접 확인해볼 필요가 있다고 생각했습니다. 그래서 윤미랑 같은 작업장에서 일하다가 백혈병에 걸렸다는 사람을 찾아보기로 했어요.

하지만 이름도 모르는 사람을 찾기란 결코 쉬운 일이 아니었어요. 게다가 윤미가 알면 괜히 걱정할까봐 쉬쉬하면서 찾다보니 시간이 꽤 걸렸습니다. 몇날며칠을 발품을 팔아서 겨우 찾을 수 있었어요.

알음알음해서 겨우 찾아낸 그 환자의 가족들이 휴게실에서 담소를 나누는 게 보였어요. 낯선 사람이 말을 걸면 경계할까봐 무척 조심스러웠죠. 그래서 한참을 주변에서 서성이다가 이러다 기회를 놓치겠다 싶어서 말을 걸려는데 그새 병실로 들어가 버렸더군요. 이걸 어쩌나 하고 고민하는데 갑자기 어떤 아주머니 한 분이 나를 흘끗 쳐다보는 거예요. 괜히 죄지은 사람마냥 깜짝 놀라서 움찔했죠. 그랬더니 그 아주머니가 조용히 묻는 거예요.

"그쪽 따님도 백혈병이라면서요?"

다행이라고 해야 할지, 이미 윤미에서 대해서 알고 있었어요. 아마도 간호사들이 나누는 이야기를 들었나 봅니다.

나는 조용히 고개를 끄덕였어요.

"네."

이번에는 옆에 있던 할머니가 물었어요.

"혹시 진성에서 일했는가?"

정말 깜짝 놀랐습니다.

"그걸 어떻게 아셨어요?"

내가 물으니 할머니는 방금 전에 너무 망설이는 바람에 그만 말을 건넬 기회를 놓친 그 사람들이 들어간 병실을 가리키더니 혀를 끌끌 차면서 말하더군요.

"쩌어기~ 저 짝 병실에 입원한 젊은 새댁도 백혈병이랴. 애 낳은 지 얼마 안 되었다던디. 아니 긍께, 젊은 사람들이 워쩌케 그런 병에 자꾸 걸린댜?"

나는 할머니에게 감사하다는 인사를 하고 그 병실로 무작정 찾아갔어요.

문에는 '환자 김숙희'라는 이름이 적힌 폿말이 걸려있었어요. 순간 아내랑 윤미가 나눴던 대화가 떠올랐습니다.

"그게 뭔 소리야? 회사 언니도 백혈병에 걸렸다니?"

"숙희 언니라고 나한테 일 가르쳐 줬는데⋯⋯."

분명히 그때 윤미가 숙희 언니라고 했어요.

노크를 하고 들어가려는데 갑자기 안에서 비명소리가 들렸어요. 예전에 윤미가 그랬던 것처럼 어떤 여자가 아프다면서 고통을 호소하고 있었어요. 삐삐거리는 기계음이 들리고, 의사랑 간호사들이 달려왔어요. 그래서 차마 안으로 들어가 보지도 못하고 병실 번호만 기억해두고 그냥 돌아왔습니다. 이야기는 지금이 아니더라도 언제든 나눌 수 있으니까. 그리고 윤미랑 똑같은 병에 걸린 사람이 괴로워하는 것을 볼 용기도 나지 않았습니다. 괜히 우리 딸도 똑같이 아프고 힘들어 할까봐서. 무서웠어요. 윤미도 그렇게 될 것 같아서. 그래서 그냥 돌아왔어요. 그러고 나서 며칠을 망설였어요.

거의 일주일을 계속 망설이다가 다시 용기를 내서 그 병실을 찾아갔습니다. 그런데 뭔가 이상했어요. 지난번이랑 달라진 게 있었어요. 문에 걸려있던 푯말이 안 보였어요. 이상하다고 여기며 문을 열고 들어가 보니 간호사가 침대를 정리하고 있더군요. 그래서 물었어요.

"저기, 여기 있던 환자는 어디로……."

침구를 정리하던 간호사가 무덤덤한 얼굴로 나를 쳐다보았어요.

"사망했어요."

순간 가슴이 철렁 내려앉았습니다. 생면부지인 사람이 죽었다는 말에 왜 그리 놀랐는지. 아마도 우리 윤미랑 같은 병을 앓았던 사람이라 그랬는지 몰라요. 내 딸에게도 그런 일이 일어날까? 아니, 그건 정말 생각하고 싶지 않았습니다.

"저 혹시, 이 환자분 주소나 전화번호 좀 알 수 있나요?"

겨우 마음을 추슬러서 심호흡을 하고 조심스럽게 간호사에게 물었어요.

"환자 개인 정보를 어떻게 빼드려요? 아무한테나."

갑자기 너무 무서워졌습니다.

불안해졌어요.

그런 생각을 하면 절대로 안 되는데 우리 딸에게 안 좋은 일이 일어날 수도 있다는 생각이 들었어요. 이렇게 똑같은 병을 앓다가 죽은 사람이 있다는 걸 알게 되니 너무 불안해져서 뭐라도 하지 않으면 안 되겠단 생각이 들었습니다. 그래서 황급히 밖으로 나왔어요.

전화를 걸었습니다. 지난번 우리 집을 찾아왔던 이보근 실장이라는 사람에게. 사표만 쓰면 사천만 원을 더 주겠다고 말했던…….

그런데 뭔가 이상했어요. 아무리 전화를 걸어도 받지 않는 거예요. 혹시 번호를 잘못 눌렀나 싶어서 명함을 몇 번이나 확인하고 전화를 걸어보았지만 마찬가지였어요. 계속 음성사서함으로 넘어갔어요.

화가 났어요.

속았다는 생각이 들었습니다.

너무 짜증이 났어요. 이해를 해보려고 노력했지만 아무리 생각해도 이건 아니다 싶었어요. 이건 우리를 기망하는 거잖아요.

답답하고 속상했습니다.

정말로 이해할 수가 없었어요. 왜 우리를 속이는 건지, 왜 내 전화를 안 받는 건지. 왜 약속을 안 지키고, 왜 나와 우리 가족을 이렇게 무시하는 건지. 그렇게 큰 회사에 다니는 사람이 무엇 때문에 우리에게 이러는 건지.

혼자서 씩씩거리며 병실로 돌아가는 길에 휴게실에서 컴퓨터를 만지고 있는 윤미를 보았어요. 아내도 함께 있더군요. 아픈 아이를 저렇게 돌아다니게 하면 어떡하나 싶어서, 두 사람에게 뛰어갔어요.

"윤미야, 너 여기서 뭐해? 당신은 아픈 애를 왜 데리고 나왔어? 몸도 안 좋으면서 웬 컴퓨터야?"

"애가 뭐 알아볼 게 있대요."

내가 화난 얼굴로 묻자 아내는 나직한 목소리로 변명했어요.

답답했습니다. 아픈 애를 뭐 하러 데리고 나왔는지, 이러다가 갑자기 몸에 이상이라도 생기면 어쩌려고 그러는지. 나는 다시 병실로 데려가려고 윤미의 팔을 잡았어요. 그런데 윤미가 내 손을 뿌리치더니 나를 사납게 노려보는 거예요. 사실 그런 모습을 보인 게 처음은 아니었어요. 회사에서 같이 일했던 친구들이 다녀간 뒤로 부쩍 심해졌어요.

"윤미야. 너, 왜 그래? 요즘 왜 이렇게 아빠한테 신경질을 부려? 뭐 때문에 그러니. 말해봐, 아빠한테."

내가 물었어요. 너무 답답해서.

그러자 윤미가 마우스에서 손을 떼고 나를 쳐다보더니 한심하다는 듯이 길게 한숨을 쉬더군요. 처음이었어요. 그런 모습은.

"아빠가 아는 게 뭐야?"

갑작스러운 물음에 말문이 막혔어요. 그래서 입을 벌리고 쳐다만 보았죠.

"진짜 바보 같다."

윤미가 내뱉은 말이 비수처럼 가슴에 꽂혔어요. 그래서 아무 말도 할 수가 없었습니다. 정말로 나는 바보인지도 모릅니다. 딸이 이렇게 아픈데, 똑같은 병에 걸린 사람이 죽었다는데, 아무것도 할 수 없는 나는 정말 바보가 맞았어요. 윤미의 병을 고치려면 골수이식을 해야 하는데 그러려면 돈이 필요했어요. 지난번에 받은 4천만 원은 이미 병원비로 모두 썼고, 그것만으로는 모자라서 처형에게 돈을 꾸었어요. 하지만 그 돈도 얼마 전에 다 쓰고 당장 약값 할 돈을 마련하기도 힘들었어요.

"나, 들어갈래."

윤미가 아내에게 기대며 자리에서 일어났어요. 그러고는 내게 눈길도 주지 않고 엄마 팔에 의지해서 병실로 돌아갔어요. 같이 가고 싶었지만 윤미가 싫어할까봐 그냥 멍하니 쳐다만 보았습니다. 그러다가 애가 뭘 그리 보았나 싶어서 컴퓨터 화면을 보았어요. 눈이 나빠서 잘 보이지 않아 가까이 다가가서 자세히 보았어요.

'산업 재해 : 근로자가 업무상 재해를 입었을 경우 신속

하게 사회복귀를 돕기 위해 국가가 시행하는 사회 보험 제
도……'

윤미가 보고 있던 것은 산업 재해 관련 정보였어요.

'산재 신청하려면 노무사를 찾아가야……'

그리고 산재를 신청하려면 노무사와 상담해야 한다는 내용
도 있었습니다. 그때 갑자기 이 실장이란 사람이 돈을 건네며
했던 말이 떠올랐어요.

'대신에, 산재 같은 거 신청하시면 안 됩니다.'

'산재요?'

'산업 재해 보험. 회사에 병 걸린 책임 돌리는 거 있지 않습
니까?'

그때 당부했던 이야기가 이거였나 싶었어요.

산업 재해.

머리가 복잡해졌어요. 그래서 윤미가 찾아낸 정보를 찬찬
히 살펴보았어요. 덕분에 왜 윤미가 이걸 알려고 했는지 그
이유를 어렴풋이 알게 되었어요.

병원비 때문이었던 것 같아요. 조금이라도 이 못난 아빠의
부담을 덜어주려고. 또 자기 병을 고치고 싶어서.

너무 미안하고, 또 미안해서 마음이 아팠습니다.

결국 윤미에게 너무 미안한 마음에, 하루 종일 병실에는 들
어가지도 못하고 밖에서 서성였어요. 그리고 시간이 날 때마

다 이 실장에게 전화를 걸었어요. 여전히 전화를 받지 않았어요. 회사에도 전화를 걸어봤어요. 매번 다른 여직원이 받더군요. 하지만 이 실장을 바꿔달라고 하면 돌아오는 대답은 늘 똑같았어요.

"아직 출타 중이십니다."

늘 출타 중이라고.

"아니 며칠을 전화했는데 왜 안 받아요. 이게 몇 번째인지 알아요?"

여직원에게 따져봤지만 아무 소용이 없었어요. 역시나 매번 다른 여직원이 전화를 받았지만, 돌아오는 대답은 늘 한결같았어요.

"정 그러시면, 핸드폰으로 해보시죠."

일부러 전화를 피하는 것 같아 정말 화가 났습니다.

"정말 죽겠네. 골수 이식을 받아야 되는데, 몇 백 번이나 전화했잖아! 그럼 받아야지! 왜 전화를 안 받고……."

어쩌다가 참지 못하고 화를 내면, 그들의 대응은 늘 똑같았어요. 대꾸하기도 귀찮다는 듯이 그냥 일방적으로 전화를 끊는 거예요. 그렇게 몇 번을 반복하니까 이제는 도저히 참을 수 없었어요. 그래서 다시 이 실장의 핸드폰으로 전화를 걸었어요. 아니나, 다를까. 이번에도 전화를 받지 않았고, 그냥 음성사서함으로 넘어갔어요.

"전화 좀 받아! 이 쌍놈에 종자야! 왜 안 받는 건데? 내 전화 왜 피해? 이게 벌써 열흘이 넘었어! 그리고 돈은 왜 안 주는 거야? 네가 준댔잖아. 우리 윤미 수술할 돈이야, 그거. 자꾸 전화 안 받으면 산재 신청 한다! 정말로 할 거야!"

보근의 이야기

위에서 지시가 내려왔다. 또 출장을 가야 한다. 이번에는 속초다.

속초라, 아내랑 연애하던 시절에 두어 번 가본 뒤로 강원도 쪽으로는 가본 적이 없다. 나름 신선할 것 같다. 어차피 당일치기로 다녀올 예정이라 짐은 가볍게 싸면 된다. 옷차림은 늘 그렇듯 단정한 수트 차림. 지나치게 권위적이지 않고, 그렇다고 너무 살가운 느낌을 주지 않게, 적당히 거리감을 주는 분위기면 충분하다.

출발하기 전에, 부하직원이 가져온 인사파일을 훑어보았다.

한 윤미. 속초여상 출신. 부친은 속초에서 택시 기사, 어쩌고저쩌고. 딱히 눈여겨봐야 할 특이사항은 없다. 여태껏 그랬듯이 이번 대상도 그렇게 까다롭진 않을 것이다. 시간을 오래 끌 이유도 없고.

위에서도 깔끔한 속전속결을 바란다. 내게 거는 기대가 무엇인지도 잘 알고 지금까지 한 번도 그 기대를 저버린 적이 없다.

대외적인 내 직책은 진성 반도체 인사관리 팀장.

굳이 사전적 의미를 따져보지 않아도 실제로 내가 하는 '업무'와 크게 다르지 않다. 맞다. 나는 사람을 관리한다. 그중에서도 주로 '하자'가 생긴 사람들을 정리하는 게 내 역할이다.

나는 '진성 반도체'라는 거대한 성이 사소한 흠집 같은 걸로 생채기가 생기거나 혹여 그로인해―물론 그럴 리는 없겠지만―무너지지 않도록 미연에 방지하는 사람이다. 세상 사람들은 이 역할의 중요성에 대체로 부정적인 견해를 보이지만 딱히 거기에 불만은 없다. 나는 오히려 내 일에 자부심을 갖고 있다.

사회라는 거대한 시스템은 상당 부분을 진성 반도체에 기대고 있다는 사실을 모르는 사람들이 그런 부정적인 견해를 갖는 거다.

그들은 모른다.

나와 이 회사가 이 나라를 실질적으로 먹여 살리고 있으며, 사실상 전부나 다름없다는 사실을. 결국 본질은 경제라는 사실을 사람들은 종종 잊곤 한다. 어쩌겠는가. 무지몽매한 사람들을 계몽하는 건 내 몫이 아니다. 나는 이 시스템을 유지시키는 중책을 맡고 있는 관리자이자, 버그와 오류를 바로잡는 '백신'이다.

가볍게 서류가방만 챙겨서 사무실을 나선 나는 가장 빠른 시각의 항공편을 이용해서 속초로 날아갔다.

속전속결. 윗사람들이 좋아하는 표현.

대상자 한 윤미 직원의 집을 찾는 건 별로 어렵지 않았다.

택시를 타고 집 앞에 도착했을 때, 한 윤미 직원의 동생으로 보이는 청년이 씩씩거리며 나오고 있었다. 얼굴은 처음 보지만, 이름이나 개인 이력은 인사 파일에서 본 기억이 있다. 아마 이름이 한 윤석이었지.

나는 그에게 미소를 지어보였다. 친근한 분위기를 연출하며, 당신의 누나를 도우러 온 사람이라는 느낌을 심어주었다. 그런데 뭐에 그리 단단히 화가 났는지 나를 바라보는 눈빛이 곱지 않다. 마치 원수를 대하듯이 무섭게 쏘아보고는 다시 씩씩거리며 밖으로 나가버렸다. 하기야 저 나이 때는 대게 어떤 문제를 접해도 모든 원인을 남에게서 찾으며 매사에 불만을 품는 게 다반사다. 그래도 사람을 봤으면 인사 정도는 하는 게 예의 아닌가. 초면인데 너무 무례한 것 같다. 혹시 이 친구의 아버지 되는 양반도 이렇게 경우 없는 사람은 아니겠지. 간혹 그냥 이유도 없이 속이 꼬일 대로 꼬인 사람들이 있다. 그런 사람들을 다루는 건 얼마나 평상심을 유지하느냐, 하는 문제다.

"어, 누구……?"

윤석이란 친구를 따라 나온 초로의 남자가 나를 보더니 당황한 표정을 짓는다.

한 상구. 한 윤미 직원의 아버지. 오늘 내가 공략해야 할 대상. 나는 이번에도 친근한 미소를 지어보였다.

"안녕하십니까, 아버님. 진성 반도체 인사 관리팀의 이보근 실장입니다."

내 소개를 하자, 한 상구 씨는 더욱더 당황하는 표정을 지었다. 아마도 내 방문을 예상하지 못했으리라. 당연한 결과다. 경험상 이런 일에는 미리 알리는 것보다 이렇게 불시에 찾아와야 성공률이 높다. 미처 마음의 준비를 하지 못하고 있는 상황을 파고들어야 소기의 목적을 달성할 수 있는 것이다.

"잠시 들어가도 되겠습니까?"

나는 미소를 잃지 않고 한 상구 씨에게 물었다.

"아, 예. 저기, 여보……."

그를 따라 들어가면서 슬쩍 집 안을 훑었다. 살림살이라든가, 분위기라든가, 재정 상태는 어떤가. 이미 인사 파일을 통해서 대강의 정보는 파악하고 있지만 실제로 눈으로 확인하는 것은 매우 중요한 과정이다. 그래야 얼마를 '배팅'하면 좋을지 적정 수준을 가늠할 수 있다. 다행히 이번엔 크게 무리

하지 않아도 될 듯싶다.

"저기 이쪽으로……."

한 상구 씨가 주저하며 자리를 권했다. 변변찮은 소파도 없어서, 그냥 바닥에 방석을 깔고 앉는다. 참, 간소하군. 나는 다른 의미에서 미소를 지었지만, 상대방이 내 미소를 보고 오해할 여지는 없다. 나는 이런 상황에 매우 익숙한 사람이다. 그동안 수없이 해왔던 작업들과 크게 다르지도 않고.

"윤미 회사에서 오셨다고요. 이것 좀 드세요."

한 윤미 씨의 모친인가. 작고 가녀린 체구의 여자가 작은 반상에 커피와 과자를 내왔다. 원두를 내린 드립 커피도 아니고, 싸구려 커피믹스와 천 얼마짜리 비스킷. 모처럼 별미라고 여기고 먹으면 그다지 나쁠 것 같진 않았다.

나는 비스킷을 커피에 찍어 맛있게 먹어주었다. 그리고 당신들이 베푼 친절에 감사하다는 의미로, 스마일.

"오랜만에 먹으니까 이런 것도 맛있네."

한 상구 씨가 나를 흘끗 보더니 조심스럽게 입을 열었다.

"저기 회사에서는 무슨 일로……."

나는 일부러 시선을 다른 곳에 두었다. 가볍게 딴청을 피우면 상대는 궁금해져서 조바심을 갖기 마련이다. 그러면 내가 파고들 틈은 더욱더 커지고. 마침 건너편 방의 열린 문틈으로 한 윤미 직원이 보인다. 몸이 아파서 그런지는 몰라도 이력서 사진에서 본 것보다 서너 살은 더 들어보였다.

"윤미 씨? 아이고, 고생 많으시네."

나는 넉살좋게 웃으며 자리에서 일어나 그 방으로 건너갔다. 그러자 당황한 한 상구 씨 내외가 나를 따라왔다.

한 윤미 직원도 덩달아 일어나려고 했다. 나는 얼른 그녀를 제지했다. 물론 친절한 미소도 잊지 않았다.

"편히 계세요. 편히. 뭐 대단한 사람 왔다고."

나를 따라온 한 상구 씨 내외가 쭈뼛거리며 그녀 옆에 앉았다. 나도 천천히 그들 앞에 엉덩이를 깔고 양반다리로 앉았다. 이제 대화의 주도권은 완전히 내게 넘어왔다. 이럴수록 서두를 필요가 없다.

나는 두 내외와 한 윤미 직원을 천천히 번갈아보았다. 그러고는 지금까지 보여준 미소보다 훨씬 친절하게 웃음 띤 얼굴로, 한편으로는 미안함을 비추며 차분한 목소리로 말했다.

"갑자기 찾아와 이런 이야기를 꺼내서 정말 죄송합니다만, 아무래도 윤미 씨가 사표를 쓰셔야겠어요."

한 윤미 직원이 눈을 질끈 감는다. 나를 보자마자 어느 정도 직감했는지 반박을 하거나 이유를 묻지 않았다.

"사표?"

문제는 부친인 한 상구 씨다. 지금까지와는 다른 싸한 눈빛으로 나를 바라보며 되물었다. 갑자기 집 앞에서 마주쳤던 아들의 눈빛이 떠오른다. 그래, 그이도 이런 눈빛이었지. 이제 부터가 중요하다. 자칫 상대를 자극하면 일이 틀어질 수 있다. 오늘, 내 사전에는 '채찍'은 없다. 오로지 당근만 있을 뿐.

"휴직하신 지 벌써 1년이 지나지 않았습니까?"

나는 한 윤미 직원을 보며 슬그머니 말을 꺼냈다. 이미 그녀는 납득하고 있는 눈치였다. 그녀의 모친은 고개만 푹 숙이고 있었다. 문제는 역시 한 상구 씨다. 뭔가 억울하다는 듯이 나를 바라보고 있다. 대체 뭐가 억울하다는 건진 모르겠지만.

"아무리 그래도 몸이 아픈데 그냥 나가라고 하면……."

아니나, 다를까. 그가 볼멘소리를 한다. 그렇다고 귀담아 들을 필요는 없다. 어차피 내가 날인을 받아야 할 대상은 그가 아니라 그의 딸이다. 그리고 그 딸은 이미 이 상황을 이해하고 체념하는 눈치다.

이제 당근을 꺼낼 차례다.

"저희 사원들이 성의를 모았습니다."

나는 서류가방에서 준비해온 봉투를 꺼내서, 그의 아내에게 내밀었다. 봉투에는 천만 원짜리 수표 넉 장이 들어있다. 그녀는 봉투를 받자마자 얼른 열어보고 금액을 확인하더니 황송하다는 표정을 지었다. 그리고는 남편에게도 보여주었다. 고자세였던 한 상구 씨의 표정에 미묘한 변화가 생겼다.

돈의 힘. 만고불변의 법칙이다.

이제 쐐기를 박자.

"사표 쓰시면 사천 더 해드릴 겁니다."

나는 웃는 얼굴로 그의 아내를 보면서 말했다. 물론 페이크이다. 하지만 그걸 밝힐 이유나 의무 따위는 전혀 없다.

"고맙습니다. 고마워요."

예상을 벗어나지 않는다. 그의 아내가 내게 머리를 숙이며 고마움을 표했다. 한 상구 씨는 여전히 용인하기 힘들다는 얼굴이지만, 이미 그의 아내가 넘어왔기 때문에 크게 문제될 것 같진 않다. 이전에도 이런 일을 수없이 해왔기 때문에 둘의 표정만 봐도 알 수 있다. 그들에게 내 제안을 거절할 이유 따윈 없다. 특히 그의 아내 입장에서는. 봉투 안을 확인했을 때의 표정이 그걸 입증했다. 그 간절한 눈빛.

"그게, 그래도 좀……. 사표를 쓰는 건 회사를 그냥 나가라는 건데……."

한 상구 씨가 다소 불만스럽다는 듯이 중얼거렸다.

쯧쯧, 답답한 양반. 어줍지 않은 자존심은 아무런 도움도 되지 않는다는 사실을 아직 모르는 듯하다.

나는 슬쩍 그의 아내를 쳐다보았다. 굳이 말로 할 필요도 없다. 싫다면 이 돈을 가지고 가겠다는 무언의 눈짓으로 충분하다. 다행히 눈치가 빠른 여자여서 내 의사를 금세 알아차리고 황급히 남편의 팔을 잡고 말렸다. 이런 상황에서는 남자보

다 여자가 더 현실적이다. 나는 올바른 선택을 했다며 칭찬해
주는 의미로 가볍게 고개를 끄덕였다.

"애 골수이식 받아야 되잖아. 그 돈은 어떡하려고?"

그의 아내가 현재 자신들이 직면한 문제가 뭔지 정확한 지
적으로 '무지몽매한' 남편을 일깨워주었다. 마침내 한 상구
씨가 알량한 자존심을 꺾고 수긍하는 제스처를 보인다. 나를
흘끗 보더니 입술을 깨물며 고개를 끄덕였다.

나는 흡족하게 웃으며 한 가지 더 당부를 했다. 사실 이게
본론이지만 일부러 슬쩍 지나가는 투로 말했다.

"대신에, 산재 같은 거 신청하시면 안 됩니다."

한 상구 씨가 무슨 소리를 하냐는 듯이 나를 쳐다보았다.

"산재요?"

쯧. 딸이 저 모양인데 산재가 뭔지도 모르고. 어차피 우리
입장에서는 반길 일이지만. 그래도 나중을 위해서라도 간단
한 설명은 해줄 필요가 있다. 시간이 지나서 모르는 일이라고
발뺌할 수도 있으니.

"산업 재해 보험. 회사에 병 걸린 책임 돌리는 거 있지 않습
니까?"

한 상구 씨가 잘 모르겠다는 듯 애매한 표정을 지으며 고개
를 끄덕였다. 설사 잘 모른다고 해도 중요하진 않다. 나는 분
명히 고지를 했으니까, 나중에 발뺌을 해도 추궁할 수 있는

여지를 만든 셈이다.

이제는 마무리 단계.

나는 서류가방에서 A4용지와 인주를 꺼냈다. 그러고는 한 윤미 직원의 손가락에 인주를 묻혀 백지에 지장을 찍었다.

"여기다가요. 윤미 씨 주민등록번호랑 이름을 쓰세요."

한 윤미 직원이 탐탁지 않다는 눈빛으로 부친을 쳐다보았다. 그래봐야 이미 돈까지 받은 마당에 그가 비협조적으로 나올 이유는 없다.

한 상구 씨가 딸을 보며 조용히 고개를 끄덕였다. 결국 한 윤미 직원은 마지못해 떨리는 손으로 이름과 주민등록번호를 날인한 종이 하단에 기입했다.

이것으로 업무 완료.

더 머물러야 할 이유가 없어졌기 때문에 나는 날인한 종이를 서류가방에 챙기고 조용히 일어섰다.

두 내외가 나를 따라나섰다. 두 사람은 나를 문 앞까지 정중히 배웅했다. 특히 그의 아내는 몇 번이고 고맙다며 고개를 숙였다.

"정말 고맙습니다."

당연히 고맙겠지.

"별 말씀을. 인간 된 도리가 그렇죠. 그럼. 안녕히. 윤미 씨도 건강 꼭 찾으시고요."

성공적으로 일을 마무리한 나는 후련해진 기분을 만끽하며
두 내외에게 웃는 얼굴로 작별인사를 했다. 어차피 이제 다시
얼굴을 볼 일은 없겠지만 굳이 나쁜 인상을 심어줄 이유는 없
지 않은가.

"살펴가세요."

한 상구 씨가 마지못해 내게 인사했다.

걱정하지 마시길.

그렇게 말을 하지 않아도 무사히 귀가할 테니까. 회사로 돌
아가 윗분들에게 경과보고를 하고 오랜만에 시원한 맥주라도
마시면서 기분전환을 해야 할 것 같다. 깔끔한 마무리를 자축
하는 의미에서.

요즘 내 기분은 별로 유쾌하지가 않다. 깔끔하게 마무리했
다고 여긴 일이 기대와 다르게 틀어져버려서다.

몇 달 전에 만났던 한 상구 씨가 계속 나를 찾는다. 상대하
기 귀찮아 전화를 몇 번 무시해줬더니 무려 열흘 동안 음성사
서함에 줄기차게 메시지를 남기는 것도 모자라서 어젯밤에는
걸쭉한 욕까지…….

씨발.

좋게 이야기를 해줘도 알아듣지 않은 사람들이 꼭 있기 마
련인데, 한 상구 씨가 바로 그런 경우다.

염치도 없이 4천만 원이나 받았으면 조용히 있을 것이지 무슨 맡겨놓은 것처럼 돈을 달라고 아우성이다. 거기에 덤으로 '약속한 돈'을 주지 않으면 이제 와서 산재를 신청하겠다고 협박까지 하고 있다.

결국 윗분들의 귀에도 이야기가 들어가고 말았다. 그렇게 입단속을 하고 몇 차례에 걸쳐 계도를 했는데도 공장 직원 중 몇 명이 한 윤미 씨를 찾아가서 입방정을 떤 모양이다.

아침부터 호출을 받고 조속하게 정리를 하라는 언질을 받았다. 다행히 이번에는 속초까지 찾아가는 수고는 하지 않아도 된다.

한 윤미 씨가 입원해 있는 수원병원을 찾아가기 전에 마음속을 정리했다. 지난번처럼 당근만 쓸 것인가, 아니면 강하게 압박할 것인가. 그들을 만나기 전에 미리 전략을 정하는 게 낫다 싶었다.

마음을 굳히고 옷을 골랐다.

검정색 정장. 조금은 압박을 줄 필요가 있다.

해가 질 때까지 기다렸다가 늦은 시각에 병원을 방문했다. 낮에는 주변의 이목도 많고 조용히 이야기를 나누기엔 밤이 더 편하다.

병실을 찾아가니 몸에 여러 개의 튜브를 꽂고 침대에 누워 있는 한 윤미 씨와 그 곁을 지키고 있는 한 상구 씨가 있었다.

두 부녀는 나를 보더니 둘 다 예외 없이 놀라는 표정을 지었
다. 내 방문이 갑작스러웠던 모양이다. 그토록 쌍욕을 하면서
나를 찾더니. 쯧.

나는 두 부녀를 바라보며 미소를 지었다. 물론 지난번과는
완전히 다른 의미, 다른 분위기의 미소다. 그때와 지금은 입
장이 다르지 않은가. 오늘은 친절을 베푸는 게 아니라 '경고'
를 하려는 게 내 목적이다. 지금 자기들이 누굴 상대하고 있
는지 깨닫게 해줄 필요가 있다. 어리석은 사람들. 계란으로
바위 치기라는 말도 모르다니.

"욕 잘하시던데요?"

나는 눈알을 굴리며 웃는 얼굴로 말했다.

"아니 그게 너무 전화를 안 받으셔서……".

음성사서함에 대고 쌍욕을 하던 기세는 다 어디로 갔는지
한 상구 씨가 슬금슬금 내 시선을 피하며 어눌한 목소리로 대
꾸했다. 늘 이렇다. 면상에 대고 욕을 할 배짱도 없는 사람들
일수록 뒤에서 목소리를 높이기 마련이다. 그러다가 막상 이
렇게 얼굴을 마주하면 언제 그랬냐는 듯이 꼬리를 내리고. 새
삼스럽지도 않다.

"오백입니다."

나는 준비한 수표를 건넸다.

"예? 너무 적은 거 같은데……."

뭐야. 정말로 4천만 원을 주길 바란 건가. 양심도 없는 인간. 이런 반응은 좋지 않은데. 나는 어이가 없어서 비릿하게 웃어주었다.

"그냥 받으세요."

이거야 원, 좀체 받을 생각을 하지 않는다. 손이 무안해질 지경이다. 참나, 이것도 감지덕지인 줄 알고 이제 그만 조용히 지내서. 최대한 너그러운 미소를 지으며 다시 수표를 내밀었지만 한 상구 씨는 뻣뻣하게 서서 받질 않았다.

"약속한 거랑은 다르잖아요?"

생각 외로 한 상구 씨가 피곤하게 나왔다. 이렇게 나오면 나에게도 생각이 있다.

"산재신청하지 말라고 했죠?"

역시나. 그럼, 그렇지. 한 상구 씨가 정곡에 찔린 사람처럼 내 시선을 피한다. 아차, 싶었던 모양이다.

"그, 그건 그러니까 그냥 해본 말인데……."

한 상구 씨가 말끝을 흐린다. 뭔가 구실을 찾으려고 옹색한 표정을 지었다. 여기서 틈을 주지 말고 더 세게 몰아붙여야 한다.

"지금 저희는 최대한 성의를 표하는 겁니다. 사표를 썼으니까 윤미 씨는 우리 회사 사람도 이제 아니고요."

나는 현실을 직시하게끔 그를 일깨워주었다.

"네? 그건 쓰라고 하셔가지고……."

그러자 한 상구 씨가 억울하다는 듯이 나를 쳐다보았다. 이 사람아, 이제 와서 이러면 어쩌겠다는 거야. 지장까지 찍어놓고 발뺌하려고?

"제가 강제로 그랬나요? 아버님이 허락하셨잖아요?"

나는 팩트(fact)만 말했다. 굳이 거짓말을 할 필요도 없으니까.

"으……."

말문이 막힌 한 상구 씨가 눈을 부릅뜨며 나를 쳐다보았다. 그러면 뭐하겠는가. 내가 없는 이야기를 지어낸 것도 아니고. 속이야 부글부글 끓겠지만 팩트는 어디까지나 팩트. 여기서 더 고집을 피우면 직접 날인한 사직서를 보여주면 그만이다.

"받으시죠."

나는 다시 수표를 내밀었다.

부르르 떨며 버티던 한 상구 씨가 결국 고집을 꺾고 수표를 받겠다며 손을 내밀었다. 이것으로 상황종료.

그런데…….

"받지 마."

이런 씨발. 나도 모르게 욕이 튀어나올 뻔했다.

갑자기 한 윤미가 돈을 받으려는 한 상구 씨를 말렸다. 이제 와서 알량한 자존심을 세워보겠다는 건가? 내가 쓰게 웃으며 쳐다보자 한 윤미는 나를 잡아먹을 듯한 기세로 노려보았다. 코웃음이 나왔다.

"그거 받지 마."

한 윤미가 그렇게 말하더니 기침을 했다.

"지금 말하면 안 돼."

한 상구 씨가 황급히 딸을 살피며 안절부절못했다.

"사람 이렇게 만들어 놓고 모른 척하는 저딴 새끼들 돈 받을 필요 없어……."

나는 말문이 막혀버렸다. 누가 누굴 어떻게 했다는 말이지? 누가 들으면 일부러 우리 회사가 병에 걸리도록 한 줄 알겠다. 이게 무슨 3류 SF 음모소설도 아니고. 나는 너무 어이가 없어져서 한 윤미를 빤히 쳐다보았다.

"니 수술 받아야……."

한 상구 씨가 당황해하며 딸을 말린다. 그렇지. 결국 중요한 건 돈이야. 현명하게 구서야지.

"아빠, 어차피 나 오래 못살아. 내가 알아."

"죽긴, 누가 죽어? 그런 말 하지 마! 그릴리 없어……. 안 그럴 거야! 그런 일은 없다고. 이리 줘요."

마음이 급해졌는지 한 상구 씨가 내 손에서 수표를 빼앗아 들었다. 돈을 받았으니 이제 내가 여기에 있어야 할 이유도 사라진 셈이다.

쯧, 처음부터 그냥 돈을 받았으면 피차 얼굴 구길 일은 없었을 텐데. 왜, 꼭 좋게 이야기를 하면 듣질 않는지.

"쯧쯧, 자기가 병 걸린 걸 왜 남 탓을 하는지……."

나는 한마디 내뱉어주고 병실을 나왔다.

갑자기 뒤통수로 한 윤미의 비명소리가 꽂혔다. 슬쩍 돌아보니 한 윤미가 침대에서 일어나려고 발버둥을 쳤다. 몸에 꽂았던 튜브들이 빠지면서 기기들이 요란하게 경고음을 냈다. 당황한 한 상구 씨가 딸을 진정시켜보았지만 막무가내로 악다구니를 썼다. 나는 더 있어봐야 험한 꼴만 보겠다 싶어서 서둘러 복도로 나왔다.

"그러지 마! 윤미야! 윤미야!"

한 상구 씨의 당황한 목소리가 복도까지 울려 퍼졌다. 한 윤미 씨가 악을 쓰는 소리, 기기들의 경고음도 들렸다.

간호사들과 당직의사가 급히 병실로 뛰어갔다. 내 옆을 지나가면서 흘끔거리는 간호사의 눈빛이 마치 나를 원망하는 것처럼 느껴졌다. 꼭 못난 인간들이 남 탓하기를 좋아하는 법이거늘. 괜히 불쾌해져서 나는 서둘러 병원건물을 빠져나왔다.

막 로비를 지나서 주차장으로 가려는데 뒤에서 한 상구 씨의 목소리가 들렸다.

"야!"

그냥 무시했어야 하는데 나도 모르게 걸음을 멈추고 돌아섰다.

한 상구 씨가 씩씩거리며 달려와 내 얼굴에 뭔가를 던졌다. 내가 준 5백만 원짜리 수표였다. 돈 귀한 줄도 모르고 완전히 꼬깃꼬깃하게 구겨서 내게 던진 것이다. 나는 쓰게 웃으며 수표를 주웠다.

"네들 때문인 거 다 알아! 내 딸이 병 걸린 거! 내가 알아봤어. 다섯 명이나 백혈병에 걸렸다고 했어! 그것도 윤미가 일한 3라인에서만."

이 양반, 뭘 주장하고 싶은 거지.

"하루 종일 택시운전 하면 얼마 버십니까?"

내가 물었다.

"딴 환자들도 찾아낼 거야!"

사람이 묻는데 대답은 하지 않고 계속 엉뚱한 소리만 한다. 궁지에 몰리면 어린애처럼 억지를 부려가며 떼쓰는 건, 가방끈 짧은 부류들의 전형적인 특징이다.

"우리 회사 일 년 매출이 얼만지, 몇 명한테 일자리를 제공하는지 아십니까?"

나는 수표를 천천히 펴면서, '본질'에 대한 질문을 던졌다.

"몰라 씨발. 그 딴 거 알게 뭐야?"

그래, 모르겠지. 기대도 안 했어.

"대한민국 국민을 먹여 살리는 게 누구라고 생각하세요?"

나는 수표를 잘 펴서 지갑에 넣고 다시 물었다.

"두고 봐, 전부 찾아내서 니들하구 싸울 거야!"

계속 동문서답이다.

"대통령? 아니요. 정치는 표면이고, 경제는 본질이죠."

너무나 당연한 걸 사람들은 외면한다. 이 양반도 그렇고.

"어려운 말 하지 마."

내 이야기가 어렵나? 그럼 더 쉽게 설명해주지.

"저희 같은 세계 초일류 회사가 이 나라를 먹여 살리는 겁니다. 아시겠어요? 우리 회사가 아니면……."

더는 말을 잇지 못했다. 이 고집불통 영감이 내게 주먹감자를 먹였다. 어이가 없어서 웃음만 나왔다.

"강원도 산이다! 이 쌍놈의 종자야!"

하이고, 퍽이나.

이런 사람을 상대로 이야기를 해봐야 입만 아플 뿐이다. 더 대화를 나누는 건 시간 낭비에, 무의미한 에너지 소비다. 나는 한 상구 씨를 한번 쏘아보고는 조용히 돌아서서 주차장으로 걸어갔다.

"내가 다 밝혀낼 거야! 내 딸 아픈 거, 니들 때문이라구! 산재 꼭 받아 낼 거야! 두고 봐, 두고 보라고!"

나는 차에 올라타기 전에 그를 한번 쳐다보았다. 그리고 열심히 해보라는 의미에서 미소를 지어보였다.

어디 아등바등 기어 올라와봐. 송충이가 어떻게든 노력하면 소나무 가지엔 오를 수 있어. 하지만 더 높은 곳, 아니 하늘까지 오를 수 있나? 다, 헛짓이야. 하기야 내가 말을 해줘도 알아듣지 못하겠지. 그러니까 죽을힘을 다해 해봐. 그만큼 절망도 크고, 깨달음도 클 테니까. 어떤 사람은 말로 해줘도 알아듣지만, 당신 같은 사람은 안 그렇더라고. 독이 왜 위험하다고 백날 떠들어도 꼭 집적 먹어보고 나서야 깨닫지. 하지만 그때 가서는 이미 늦었다는 걸, 왜 모르는 건지 원. 쯧쯧쯧.

그래, 이때만 해도 나는 확신했었다.

한 상구 씨의 몸부림은 결국 좌절로 끝날 것이라고. 그를 무시한다기보다는 애초에 상대가 되는 싸움이 아니기 때문이다. 이건 어른과 아이의 싸움이나 마찬가지다. 아이 열 명이 달려들어 봐야 어른 한 사람을 이겨내지 못하는 법이다. 힘의 크기가 다른 상대끼리의 싸움은 이미 시작하기도 전에 승부가 결정 난다. 계란으로 바위 치기란 말도 있지 않은가. 계란을 한 판을 던지든 두 판을 던지든, 부서지는 건 계란이지 바위가 아니다. 아마도 바보가 아니라면 한 상구 씨도 그 간단한 진리를 금세 깨닫게 될 것이다.

물론 가끔은 너무 간단한 질문이라 오독해서 엉뚱한 답을 고집하는 경우도 있다. 그런 사람들을 가리켜 보통 우리는 '무모하다'고 표현한다. 한심하고 세상 물정 모르고, 합리적인 사고를 할 줄 모르는 부류들이 대개 그렇다.

현실 감각이 떨어지는 어떤 몽상가들은 종종 다윗과 골리앗을 들먹이며 웃기지도 않는 판타지를 꿈꾼다.

판타지, 그건 우리 아들이 좋아하던 해리 포터 이야기에서 찾아야지. 현실은 냉혹하고 또 정확한 거다. 나이든 어른이 그런 걸 바랄 때는 이미 스스로 되도 않는 일이라는 걸 알고 있다는 뜻이다. 다만 인정하고 싶지 않을 뿐이지.

그래서 나는 확신했다. 결국 한 상구 씨는 제풀에 쓰러질 거라고. 지금껏 늘 그래왔다. 내가 상대했던 사람들은.

단 한 번의 예외도 없었다. 적어도 이때까지는.

빌어먹을.

상구의 이야기

이 실장을 다시 만난 뒤부터였어요. 공부를 해야겠다고 생각했죠. 그래야 싸울 수 있다고 생각했어요. 모르면 배우면 되는 거고, 그래도 안 되는 남에게 물어보면 되는 거니까요. 그래서 시작했어요.

이왕 맘을 먹은 거 평소보다 일찍 집에 귀가했습니다.

"웬일이래?"

글을 읽으려니 눈이 침침해서 새로 안경을 맞췄더니 아내가 이상했나 봅니다. 하기야 아침에 집을 나설 때만 해도 안경을 안 썼으니까요.

"당신 예쁜 얼굴 제대로 보려고 맞췄지."

농을 해줬더니 아내가 싱겁다며 고개를 흔들었어요.

"공부 좀 하려고."

"공부? 무슨 공부?"

　나는 아내에게 웃어준 다음 컴퓨터를 붙들고 온종일 게임만 하고 있는 아들에게 갔어요. 윤석이는 게임에만 정신이 팔리다가 인기척을 느꼈는지 고개를 돌리더니 놀라는 표정을 짓더군요. 윤석이도 안경 쓴 내 모습이 낯설었나 봅니다.

　"아, 뭐야?"

　"컴퓨터 어떻게 하는지 알려줘 봐."

　아들에게 물었어요.

　"왜?"

　윤석이가 무슨 일이냐는 듯이 되묻더군요. 그래서 이유를 설명해줬어요.

　"인터넷인가 하는 거 하게."

　"그 나이에? 왜?"

　"그건 알 거 없어."

　내 말에 윤석이가 생각에 잠기더니 고개를 끄덕였어요.

　"그래 아빠. 진짜 잘 생각했다."

　무슨 의미로 하는 말인지 몰라 되물었어요.

　"응?"

　윤석이가 마우스를 움직여 화면을 클릭했어요. 무슨 트럼프인가 하는 서양 카드 그림이 잔뜩 뜨더군요.

　"아빠, 포커 칠 줄 알지? 내가 좋은 사이트 알고 있어. 여긴 올 라이브라 사기가 없어. 잘하면 한 몫 크게……."

아무리 철이 없어도 그렇지. 내 아들이지만 너무 한심했어
요. 그래서 머리를 한 대 쥐어박았습니다.

"재수생이면 공부나 해라! 공부해서 대학 가!"

그러자 윤석이가 맞은 데를 긁적이며 내게 따졌어요.

"아, 아프잖아. 나 아빠 닮아서 공부 못해. 돌대가리야."

"이놈이……."

다시 때려주려고 주먹을 쥐자, 윤석이가 잽싸게 달아났어
요. 쫓아가서 혼을 내주려는데 윤미의 방문이 열렸어요.

"아빠."

컴퓨터를 윤미 방으로 옮겼어요. 확실히 윤석이보다는 윤
미에게 배우는 편이 낫다 싶었습니다. 하지만 나이 먹고 새로
운 걸 배운다는 게 그리 녹록한 일은 아니었어요. 모든 게 생
소하고 어려워서…….

"이걸 이래 연속으로 두 번 눌러."

"한번만 누르면 안 되나?"

"안 돼."

"한번 누르면 편한데, 왜 두 번씩이나 누르게 만드나?"

"내가 어떻게 알아? 담엔 여기 빈칸에 찾고 싶은 걸 쓰면
되는 거야."

구박을 받아가며 열심히 배웠어요. 뭘 알아야 싸움을 할 수
있으니까요. 그리고 배운 걸 토대로 '산업 재해 신청서'를 작

성하기 시작했습니다. 그때서야 내가 뭘 하려는지 알게 된 윤미가 깜짝 놀라서 쳐다봤어요.

"내가 그 놈들 상대로 이거 꼭 받아 낼 거야. 약속할게."

"아빠."

"다 알아봤어. 산재 받으면 치료비두 보상받고, 우리 윤미가 어쩌다 그런 병에 걸렸는지도 밝혀 낼 수 있는 거래."

그때 아내가 윤미 방으로 들어왔어요.

"안즉 아무도 못 받았다며? 그 큰 회사랑 싸워서 어떻게 이기려고?"

답답한 사람, 눈치도 없이. 나는 아내를 흘끗 쏘아보았어요. 윤미가 보고 있는데 응원은 해주지 못할망정 기운 빠지는 소리만 하고 있으니.

"돈 때문이 아니야. 내가 무서워서 그래. 당신이나 우리 식구들한테 탈날까봐. 우리가 무슨 힘이 있나?"

아내가 내 시선을 피해 돌아앉으며 조용히 말했어요. 무엇을 걱정하는지 충분히 알겠지만 그래도 난 두렵지 않았어요.

"세상이 이래 넓은데 도와줄 사람 없을까?"

내가 물었어요.

"다들 먹고 살기 힘든데. 누가?"

이번엔 내가 말문이 막혔습니다. 그래서 아내의 눈을 피해 돌아앉았어요. 작성하던 산업 재해 신청서를 마저 쓰기 시작했어요. 쇠뿔도 단 김에 빼랬다고, 이왕 시작했으면 끝을 봐야하지 않겠어요. 뒤통수에 꽂히는 아내의 시선을 의식하면서 열심히 작성했습니다. 윤미가 걱정스럽게 쳐다보았어요.

염려하지 마, 아빠가 다 알아서 할게.

산업 재해 신청을 하려면 구비서류가 많이 필요했어요. 그리고 무엇보다 병원의 소견서가 있어야 했어요. 그래서 윤미가 다니는 수원병원의 원무과를 찾아갔습니다. 소견서를 받으려고. 그런데 직원들의 태도가 이상했어요.

"저 소견서 받으려고 왔는데요."

내가 물으니 컴퓨터 앞에 앉은 직원이 내 얼굴을 쳐다보지도 않고 물었어요.

"어느 회사 다니셨는데요?"

"진성 반도체요."

그러고는 산재 신청서를 내밀었더니 그 직원의 얼굴이 갑자기 굳어버리는 거예요. 그때서야 내 얼굴을 쳐다보더군요.

"잠시 기다리세요."

직원이 당황한 얼굴로 상사에게 다가갔어요. 그러고는 귓속말로 뭔가를 이야기하더군요. 그러니까 원무과장의 얼굴도 딱딱하게 굳는 거예요.

내가요, 택시기사를 오래해서 얼굴만 봐도 대번에 알아요.

이 사람들은 나를 반기지 않는다는 걸 알았어요. 날 도와주지도 않을 것 같았어요. 그때 뭔가 분위기가 이상하게 돌아간다는 걸 느꼈어요.

"증거 있어요?"
원무과장이 물었어요.
나는 무슨 말이냐며 원무과장을 쳐다봤어요.
"아저씨 딸이 회사 때문에 병에 걸렸다는 증거 있냐고요?"
"아직 없는데. 찾을 거예요."
"허허, 백혈병이 무슨 감기야? 일 년 반 만에 발병을 하게? 교통사고 나면 그게 자동차 회사 잘못이야?"
"그건 아니지만…….."
"자다가 허리 아프면 침대 회사 잘못이에요?"
이상했어요. 소견서를 써주는데 왜 이런 걸 묻는지. 이 사람들이 진성 반도체를 대변하는 사람들도 아닐 텐데 왜 이리 역성을 드는지.
"자꾸 이상한 소리하지 말고 얼른 소견서나 써줘요!"
결국 원하는 소견서를 받지 못했어요. 사람들이 이상해요. 진성이라는 이름만 꺼내도 다들 고개를 설레설레 흔들어요. 아무도 도와주려고 하지 않고, 아무도 우리 이야기를 들어주려고 하지 않았습니다.

너무 답답해서 방송국에 이야기를 해보면 어떨까 싶어서 전화번호부를 뒤져서 보이는 족족 전화를 걸었습니다. 그러다가 간신히 어떤 PD와 연락이 닿았어요. 자초지종을 이야기해서 도움을 요청했어요.

"그렇게 해서 우리 딸이 억울하게 병에 걸렸는데……."

"서류를 떼어 오셔야 되요."

방송국이라고 예외는 아니었어요. 또 서류 이야기였습니다. 뭘 해도 서류, 서류. 세상에 무슨 서류가 그렇게 많은지, 정말 답답해서 미칠 지경이었어요. 서류가 없으면 아무것도 못하는 세상인 줄, 전에는 미처 몰랐어요.

"뭔 서류요?"

"그 회사 때문에 아버님 딸이 병에 걸렸다는 증거 서류요."

"뭔 서류를 어떻게 떼어가요? 지네랑 상관없다고 하는데?"

"증거가 없으면 방송 내보내기 힘들어요."

몇 번을 이야기해도 똑같은 답만 해서 그냥 전화를 끊어버렸어요. 계속 붙들고 있어봐야 속만 타들어갈 것 같았어요. 온종일 전화번호부를 붙들고 다른 방송국이며 신문사며 닥치는 대로 전화를 걸었어요. 어디나 돌아오는 대답은 똑같더군요. 그러다가 지쳐서 다른 사람을 찾아보기로 했어요. 산재를 신청하려면 노무사의 도움을 받아야 한다고 하니 노무사들에게 연락을 해보았습니다. 처음에는 전화를 걸었는데 다들 진

성이라는 말만 꺼내도 꼬리를 내려서 생각을 바꾸어 직접 찾
아다녔어요.

　하지만 그래도 결과는 똑같았습니다. 문전박대를 받는 일
도 부지기수였고, 조금 대화를 나누다가도 '진성'의 '진'자만
꺼내도 얼굴색을 바꾸며 나가라고 하더군요. 정말 망막했어
요. 도대체 누구에게 하소연을 하면 되는지……

　그러다가 결국 유 난주 노무사님한테까지 가게 되었어요.
전화번호부에 있는 이름을 지우고, 또 지우다보니 노무사님
만 남더라고요. 그래서 찾아갔어요. 공교롭게도 그날은 우리
윤미가 병원에서 퇴원하는 날이었어요. 병원비 때문에 더는
치료를 받을 수도, 입원을 시킬 수 없었어요.

　정말로 마지막이라는 심정으로 찾아갔습니다.

난주의 이야기

한때나마, 아니 내가 유일하게 열정을 갖고 사귀었던 대학 시절의 남자친구는 지독한 야구광이었다. 그는 늘 야구이야기에 열을 올렸다. 넓은 운동장에서 공 하나를 가지고 아홉 명이 넘는 남자들이 던지고 때리고 다시 그걸 잡겠다고 아등바등하는 것이 뭐가 그리 좋은지 그때나 지금이나 이해하기 힘들지만, 내 변함없는 기호와는 상관없이 당시에 그가 귀에 인이 박히도록 해준 이야기들의 대부분은 아직까지도 잊히지 않는다.

그중에서 강팀과 약팀을 나누는 기준에 대한 이야기가 유독 떠오른다.

그의 이론인지, 아니면 어디서 주워들은 풍월을 자기 것인 양 그럴싸하게 포장했는지는 이제 와서 확인할 길이 없지만 그는 강팀과 약팀을 나누는 가장 중요한 기준은 정신력이라고 했다. 흔히 야구는 멘탈 스포츠라고 한다. 그런데 특히 약팀의 경우에는 패를 거듭하다보니 어느 순간 패배에 익숙해지고 결국에는 경기에서 지는 걸 당연시 여기게 된다는 것이다. 뭐랄까, 비약인지 몰라도 요즘의 나를 돌아보면 딱 들어맞는 이야기 같다.

재판에서 증언해줄 아주 중요한 증인을 설득하러 가는 길에 전화를 받았다. 사무실에서 온 전화다. 하마터면 백주대낮에 시내 한복판에서 소리를 지를 뻔했다. 몇 개월을 공들였던 일이 물거품이 되어버렸단다.

나는 그 길로 곧장 택시를 잡아타고 사무실로 달려갔다.

다 쓰러져가는 낡은 콘크리트 건물 3층에 위치한 내 사무실. 워낙 오래 전에 지은 건물이라 엘리베이터가 없어서 낑낑거리며 계단을 올라가야 하지만 그래도 내 이름을 걸고 노무사 일을 시작한 첫 보금자리이자 최후의 보루. 나는 이를 악물고 계단을 뛰어올라, 마침내 3층에 다다랐고 허탈함을 분노로 바꾸어 문을 거칠게 열고 들어갔다.

첫 개업한 날부터 지금에 이르기까지 유일하게 남은 동료, 민규가 나를 보더니 면목 없다는 듯 고개를 돌렸다.

"진짜야?"

나는 전화로 말한 게 사실인지 확인했다.

"……."

대꾸가 없다.

"산재 포기 한다는 게 사실이냐고!"

나는 다시 물었다.

"당사자가 원한 거야."

민규가 마지못해 나를 보더니 힘없는 목소리로 대답했다.

빌어먹을, 사실이란다. 나까지 기운이 빠진다.

몇 달이었지? 여섯 달, 아니 여덟 달이었나.

열악한 환경에서 근무하다가 분진과 유독가스에 노출되어서 병에 걸려 사망한 대진 타이어 작업장 직원들만 수십 명. 그럼에도 제대로 된 보상도 받지 못한 사람들을 도우면서 시작한 기나긴 싸움이다. 이제 거의 다 왔는데, 조금만 더 밀어붙이면 될 일인데, 여기까지 와 놓고 포기를 하다니.

"안 말리고 뭘 했어? 행정소송 공판도 얼마 안 남았고, 언론도 우리 쪽에 우호적이었다고! 여기까지 어떻게 왔는데!"

나는 민규에게 화를 냈다. 괜한 억지가 아니다. 내가 부재 중일 때는 민규라도 그분들을 설득했어야 했다.

"의뢰인 뜻이야. 어쩌겠어. 본인이 그렇게 원했는데. 병원비에 생활비에 사채 끌어다 쓴 게 얼만데, 어떻게 더 버티시냐."

민규가 자기도 어쩔 수 없었다는 듯 어깨를 늘어뜨렸다. 비겁한 변명. 나에겐 그렇게밖에 들리지 않는다.

"지금 여기서 안 힘든 사람이 어딨어? 너, 몰라? 대진 타이어에서 돌아가신 분이 몇 명이야? 그분들 대표해서 싸웠던 거잖아! 이번에 산재를 인정받으면 다른 분들도 같이 받을 수 있는데……."

그래, 정말 조금만 더 버티면 될 일이었다. 그렇게 해서 산재 인정을 받으면 그동안의 수고를 보상받을 수 있는데…….

"유 난주! 이제 정신 좀 차려라."

민규가 버럭 소리를 질렀다.

"뭐?"

나는 황당해서 민규를 쳐다보았다.

"남들처럼 하자. 우리도 남들처럼……."

민규가 말했다.

뭘 말하고 싶은 걸까. 나는 기운이 빠져서 더는 서 있을 수가 없었다. 이제 와서 포기한 의뢰인들도 야속했지만, 거기에 동조하는 민규가 더 미웠다. 지친다. 너무 지쳐서 힘없이 의자에 앉았다.

"남들처럼? 그게 뭔데?"

내가 묻자, 민규는 잠시 머뭇거리더니 서랍에서 봉투를 꺼냈다. 그러고는 내 시선을 피해 고개를 돌렸다.

"뭐야?"

봉투 안에는 돈이 들어있었다. 나는 어떤 의미가 담긴 돈인지 물었다. 모든 돈은 다 사연이 있고 이유를 갖고 있기 마련이다. 세상에 '그냥'이라는 건 없다. 내가 이 일을 해오면서 가장 먼저 깨달은 진리다.

"노동의 대가."

민규가 내뱉듯이 말했다.

노동의 대가. 그러니까 대진 타이어와 합의를 본 의뢰인들이 일종의 사례금으로 줬다는 이야기다. 이런 돈은 받을 수가 없다. 아니 받아서도 안 된다.

"미친 새끼, 돌려주고 와."

나는 민규에게 봉투를 던졌다.

"그 정돈 받아도 돼!"

민규가 답답하다는 듯 나를 쳐다보았다. 답답한 쪽은 오히려 난데 말이다. 나는 한숨을 내쉬고 민규에게 물었다.

"우리가 이러려고 이 일 시작한 거야?"

민규도 한숨을 내쉬었다.

"난주야, 우리도 노동자야. 생활인이라구."

정말 우습다. 이런 궤변을 계속 듣고 있어야 하는 건가. 피곤한 논쟁은 이쯤에서 끝내고 싶다.

"안 그런 사람이 어디 있어?"

"살아보니 그렇게 안 되더라……."

민규가 잠시 말을 끊더니 사무실의 빈 책상을 쳐다보았다.

한때 우리와 함께 했던 동료들의 책상이다. 지금은 각자 살 길을 찾아간 옛 동료들.

"떠난 애들도 힘들어 했고……."

나는 코웃음을 쳤다.

비겁한 새끼, 이젠 모든 게 내 탓이라고 말하고 싶은 모양이다. 이젠 정말 대화를 끝내야 할 것 같다.

"힘들면 너도 가."

나는 귀찮다는 듯이 내뱉었다. 정말로 귀찮기도 했다. 소모적인 논쟁은 길게 끌고 가봐야 서로 피곤해질 뿐이니까.

"야!"

민규가 다시 버럭 소리를 질렀다.

"어디 한번 말해봐. 솔직히 지금까지 끝까지 간 의뢰인이 한 명이라도 있었냐? 합의 안 한 사람 있었냐고."

억울하지만 그건 민규의 말이 맞다. 옳은 게 아니라 맞다. 애석하게도 지금까지 소송을 끝까지 끌고 간 의뢰인은 한 명도 없었다. 단 한 사람도. 그래서 늘 패배감을 맛봐야 했다.

"어딘 가엔 있겠지."

나는 쓸쓸히 대꾸했다. 그리고 내 바람이기도 하다. 언제 이뤄질지는 미지수이지만. 한 번만이라도 그런 의뢰인을 만났으면 좋겠다.

민규가 나를 보더니 답답하다는 듯 길게 한숨을 내쉬었다.

"고집도 저런 고래힘줄 같은……. 어휴."

"그걸 이제 알았니."

나는 나직이 대꾸했다.

민규가 졌다는 듯 고개를 가로저었다. 그러고는 담배를 꺼내 불을 붙이고 길게 연기를 내뿜었다.

"선배가 노무법인 새로 차렸어. 그리로 옮기자."

나는 민규를 쳐다보았다. 정나미가 확 떨어진다. 이제 슬슬 이 친구와도 헤어질 때가 온 모양이다.

"그냥 다시 보지 말자."

그러자 민규가 서운하다는 듯이 쳐다보았다.

"야……."

나는 민규의 입에서 담배를 뺏어 물고 의자에 몸을 묻었다.

민규는 멀거니 서서 나를 쳐다보다가 고개를 흔들더니 옷을 챙겨서 문으로 걸어갔다. 나는 일부러 민규에게 눈길을 주지 않고 천장만 쳐다보았다.

"생각 바뀌면 연락해라."

민규가 문을 닫고 나갔다.

비로소 나는 혼자가 되었다.

머릿속이 복잡하고 기분도 착잡해서 아무것도 하기 싫었다. 입맛도 잃어서 저녁도 거르고 날이 어두워질 때까지 그냥 멍하니 앉아만 있었다.

천둥소리에 정신을 차려보니 밖엔 비가 내리고 있었다. 빗줄기는 금세 굵어졌다.

차라리 잘됐다 싶었다. 핑계 김에 오늘밤은 그냥 사무실에서 지새워야겠다고 생각하며 창가로 가서 비에 젖어가는 거리를 바라보았다. 시원하게 쏟아지는 비를 보니 울적했던 마음이 조금은 나아지는 것 같았다.

그렇게 얼마나 시간이 흘렀을까.

문득 노크 소리가 들리더니 내 대답을 듣지도 않고 추레한 차림의 아저씨가 무작정 사무실로 들어왔다. 면도를 안 해서 수염은 덥수룩하니 지저분하고 눈빛도 퀭한데다가, 우산도 없이 비를 흠뻑 맞아서 몸에선 빗물이 뚝뚝 떨어지고 있었다. 노숙자인가 싶어서 덜컥 겁이 났지만 내색을 하진 않았다. 그냥 조용히 내보내는 게 나을 것 같았다.

"아가씨요. 여기 노무사님 어디 계세요?"

순간 기분이 나빠졌다. 아가씨라니. 여기가 무슨 다방인 줄 아나. 나는 조용히 이 무례한 남자를 쏘아보았다.

"제가 노무산데요. 어떻게 오셨죠?"

남자가 다가왔다. 나는 긴장해서 슬쩍 물러섰다.

"우리 딸이 아픈데요……."

딸이 아파? 뭐지? 신종 구걸 수법인가?

"네?"

"진성이 그랬어요…….."

진성? 그건 가해자 이름인가? 하지만 나와는 상관없는 일이다. 아무래도 번지수를 잘못 찾아온 사람 같았다. 적당히 구슬려 내보내야겠다.

"나쁜 놈이네, 근데 어쩌죠? 전 그런 사람 몰라요."

남자가 퀭한 눈빛으로 나를 쳐다보았다. 나갈 생각이 없어 보였다.

"아무도 안 도와줘요."

이상한 소리를 한다. 아무도 안 도와준다니. 대체 무슨 소리를 하고 있는 건지 모르겠다. 혹시 정신이상자는 아닐까?

"예, 아저씨, 그러지 마시고 112로 전화를 하세요. 여기는 노무사 사무실이거든요."

나는 단호하게 잘라 말하고는 빨리 나가달라는 의미로 등을 보이고 돌아섰다.

그때였다.

"진성 반도체 다니다가요. 백혈병에 걸렸다니까요!"

남자가 버럭 소리를 질렀다.

나는 그만 깜짝 놀라서 반사적으로 움찔했다. 가만, 그런데 방금 뭐라고 한 거지? 진성 반도체라고?

"진성 반도체요?"

나는 돌아서서 남자에게 물었다.

남자는,

남자는 나를 보면서 울고 있었다.

"우리 딸 말 좀 들어주세요. 아무도 안 도와줘요. 제발요. 부탁합니다. 오늘이 병원에서 나오는 날인데, 좀 만나 주세요. 제발⋯⋯."

나는 입술을 깨물고 남자를 쳐다보았다. 그리고 고민했다. 어떻게 하면 좋을지. 잠시 생각해보고 마음을 굳혔다.

"따님, 어디 계시죠?"

한 상구라고 이름을 밝힌 남자가 나를 데려간 곳은 수원병원 지하주차장이었다. 오는 길에 말하길 자신은 속초에서 택시를 몬다고 했다. 딸의 이름은 한 윤미. 진성 반도체 생산 공장에서 일하다가 백혈병에 걸렸는데 회사에선 보상은커녕 자기네들과는 아무 상관없는 일이라며 잡아뗀다고 한다. 그래서 산재 신청을 하려는데 아무도 도와주지 않아서 나한테까지 왔다는 것이다. 그 이야기를 병원에 도착할 때까지 몇 번이나 반복했다.

주차장에는 택시 한 대가 세워져 있었고, 그의 아내가 옆에 서 있었다. 뒷좌석에는 앳돼 보이는 여자애가 담요로 몸을 감싼 채 차창으로 나를 쳐다보고 있었다. 나와 눈이 마주친 그의 아내가 말없이 목례를 했다. 뭔가 못마땅하다는 표정이었

다. 그게 나에 대한 것인지 아니면 남편을 향한 불만인지는
알 수 없었다. 내 직감으로는 후자일 것 같았다.

한 상구 씨가 앞문을 열어주었다.

나는 목례를 하고 조수석에 앉았다.

대화는 문이 닫히고 나서 시작했다.

"반도체에 대해서 아는 게 있으세요?"

먼저 윤미가 기침을 하며 물었다.

나는 가볍게 어깨를 으쓱했다.

"핸드폰, 컴퓨터 등에 들어간다는 거. 그리고 우리나라 제1
의 수출 상품이라는 것 정도?"

일부러 젠체하지 않았다. 그럴 필요도 없었고.

"우리 아빠, 도와주세요."

윤미가 갑자기 내 손을 잡더니 그렇게 말했다. 아무래도 이
야기가 길어질 것 같다. 나는 조용히 웃으면서 말했다.

"윤미 씨 이야기부터 들어 볼게요."

잠시 생각에 잠기는가 싶더니 윤미는 천천히 이야기를 시
작했다.

예상보다 훨씬 긴 이야기였고, 훨씬 더 충격적이었다. 가감
없이 이야기를 한 것이겠지만 이걸 팩트라고 입증할만한 증
거가 있다면 엄청난 반향을 일으킬 내용이었다.

마침내 긴 이야기를 마친 윤미는 힘겨운 듯 담요를 끌어당

기고 눈을 감았다. 몹시 지쳐보였다. 이쯤에서 일어나야겠다 싶어 문을 열려는데 밖에서 그와 그의 아내가 나누는 말소리가 들려서 멈칫했다.

"내 택시기사를 26년 넘게 했어. 손님들 착 보면 어떤 사람인지 대번에 안다고. 겉은 저래도 착하고 마음이 발라 보여."

"당신은 정말⋯⋯."

뒷이야기는 윤미가 들어선 안 될 것 같아 문을 열고 나갔다.

밖으로 나오자 두 내외가 다가왔다.

"우리 윤미, 회사 때문에 병 걸린 거 맞죠?"

그가 물었다.

"이게 팩트라면 엄청난 문제에요. 산재 신청서 쓰셨다고요?"

내가 묻자 그는 주머니에서 꼬깃꼬깃하게 구겨진 종이를 꺼냈다. 나는 그걸 받아서 펼쳐보았다. 자필로 작성한 산재 신청서다. 삐뚤빼뚤한 거친 글씨체. 아마도 이 사람은 평생 이런 서류를 써본 적이 없을 것이다.

"누가 쓴 거죠?"

"저하고 제 딸이랑⋯⋯."

이걸 맡게 되면 정말 갈 길이 멀겠다 싶었다. 나도 모르게 한숨이 나왔다. 물론 아직 마음을 굳힌 건 아니다.

"병원비는 밀리신 거 없으세요?"

이건 중요한 문제다. 지금껏 내가 마지막 고지를 눈앞에 두고 고배를 마신 건, 결국 돈 문제였다. 매번 똑같은 이유로 좌절을 맛보는 건 정말 지칠 노릇이다. 나는 가만히 그를 쳐다보며 대답을 기다렸다. 내 시선이 부담스러운 걸까. 그는 쭈뼛거리며 기어들어가는 목소리고 간신히 대답했다.

"조, 조금요. 갚으면 되요."

역시 그런가. 이번에도 크게 다를 건 같지 않다. 결국 돈이 이 사람들의 발목을 잡고, 나아가서는 나를 또 실패하게 만들 것이다.

"이렇게 큰 회사는 저도 상대해 본 적이 없어요."

내 말에 그의 아내가 나와 남편을 번갈아보았다. 남편과는 달리 이 싸움을 시작할 마음이 없어보였다. 하기야 그게 더 현명한 생각일지도.

"몇 년이 걸릴지 어떤 방해가 들어올지 예상도 못하겠네요. 힘들다고 중간에 포기 하시면 저도 아버님한테도 타격이 커요. 그리고 가족 분들한테도……."

내 말이 끝나기도 전에 그가 정색하며 아내를 쳐다보았다. 그의 아내는 여전히 굳은 얼굴을 하고 있었다.

"그, 그만두긴요. 절대 그럴 일은 없어요. 절대로."

순간 그의 아내가 내 손에서 산재신청서를 뺏어들더니 보고 있는 앞에서 갈기갈기 찢어버렸다. 너무 당황한 나머지 미처 말릴 틈도 없이 멍청히 바라만 보았다. 그도 당황한 얼굴로 나를 쳐다보더니 아내에게 화를 냈다.

"지금 뭐하는 기야?"

"내 뭐라고 그랬어? 그냥 회사 찾아가! 나머지 돈이라도 달라고 해! 이딴 거 해봐야 아무 소용이 없다고."

마음을 굳혔다. 아무래도 내가 끼어들 자리가 아닌 것 같았다.

"안 돼."

그가 단호히 고개를 저었다.

"왜 안 돼?"

그의 아내가 따지듯이 되물었다.

"사람 목숨 쉽게 보고, 돈 갖고 장난이나 치는 놈들……. 그런 놈들이 주는 돈은 받을 수 없어."

"돈은 그냥 돈이야! 왜 못 받니? 윤미가 저렇게 아파하는데 그냥 보고만 있을 거야? 그 돈이라도 받아야 애를 살릴 거 아냐."

머리와 가슴의 싸움. 지겹도록 봐왔던 풍경이다. 역시 내가 이들에게 해줄 수 있는 일은 없을 것 같다.

문득 고개를 돌리니 택시 안에서 윤미가 부모의 싸움을 안타깝게 바라보고 있었다. 그러다가 나와 시선이 마주쳤다. 나는 얼른 고개를 돌렸다. 차마 이 아이의 눈을 똑바로 쳐다볼 수가 없었다. 이건 동정이나 연민으로 뛰어들 일이 결코 아니다.

"그냥 빨리 합의 보시는 게 좋을 것 같네요."

나는 선언하듯 말하고 그 자리를 피했다.

어차피 이들 내외도 금세 현실을 깨닫게 될 것이다. 이길 수 없는 싸움은 그냥 시작하지 않는 게 좋다.

그동안 나는 너무 패배에 익숙해져서 이젠 이기는 법이 뭔지도 모르겠다.

옛날 남자친구가 말하던 약팀의 기준. 패배에 익숙해지면 나중에는 패배를 당연하게 여기는 것. 바로 지금의 내 모습이다.

윤미의 마지막 이야기

노무사님을 만나고 나서부터 아빠의 표정은 더욱 어두워졌습니다. 택시를 모는 일보다 다른 것을 하느라 더 바빠 보였습니다.

며칠 전에는 진성 반도체 본사를 찾아갔다가 로비에 발을 들여 보지도 못하고 쫓겨났다고 합니다.

엄마랑 나누는 이야기를 들어보니 이젠 찾아가서 하소연할 사람도 없는 것 같습니다.

엄마는 아빠가 그만두었으면 하는 눈치였습니다. 내색은 안 했지만 나도 같은 마음이었습니다. 어차피 나에겐 그리 많은 시간이 남아 있지 않으니까요. 떠나기 전에 아빠가 예전의 모습으로 돌아가는 것을 보았으면 좋겠습니다. 최근에 아빠가 웃는 얼굴을 본 적이 없습니다. 전에는 사소한 일에도 함박웃음을 터뜨렸던 아빠인데. 괜히 나 때문에 그런 것 같아

안타깝고 또 너무 미안합니다.

생각해보니 아빠에게 한동안 노래를 들려주지도 못했습니다. 내 방 구석에 놓인 기타를 보면 금세 알 수 있습니다. 오랫동안 방치된 탓에 먼지가 뽀얗게 내려앉은 기타. 나는 가만히 기타를 잡아보았습니다. 눈을 감고 아빠가 좋아하는 노래를 생각해봅니다.

산울림의 회상.

오늘 아빠가 일을 마치고 돌아오시면 오랜만에 노래를 들려줘야겠다고 생각했습니다. 한동안 치지 않아서 그런지 코드를 잡는 게 무척 낯설었습니다. 가사도 잘 떠오르지 않습니다. 이래서야 아빠에게 제대로 노래를 들려줄 수 있겠나 싶어서 코드를 잡고 기타를 퉁겨보았습니다. 너무 오랫동안 치지 않아서일까요. 그만 기타 줄이 끊어지고 말았습니다.

너무 속상했습니다.

기타를 원래 있던 자리에 놓고 다시 이불 속으로 들어가려는데 벽에 걸린 원피스가 보였습니다. 지난번에 병문안을 왔던 친구들이 사준 원피스였습니다. 선물을 받고 한 번도 입어본 기억이 없습니다.

그때 밖에서 인기척이 들렸습니다. 문을 열어보니 윤석이가 외출을 하는지 거울을 보며 한껏 멋을 내고 있었습니다.

"와, 잘생겼어. 미쳐버리겠다, 진짜."

윤석이가 자화자찬을 합니다. 우리 집에서 여전히 밝게 웃
는 사람은 윤석이뿐입니다. 나는 윤석이를 불렀습니다.

"이리 와봐."

윤석이가 무슨 일이냐며 쳐다보았습니다. 나는 서랍장에서
윤석이를 주려고 털실로 짠 빨간 목도리를 꺼냈습니다.

"뭔데 그거?"

"선물. 산책가자. 날씨가 너무 좋다."

나는 윤석이에게 목도리를 건넸습니다.

"와~ 색깔 봐~ 와~ 진짜 와~"

목도리가 마음에 들지 않는 모양이었습니다.

"별로야?"

나는 조심스럽게 물었습니다. 윤석이는 그것도 모르냐는
듯 나를 보며 고개를 가로저었습니다.

"누나가 동생 소개팅 망치려고 작정을 했구나."

소개팅. 그래서 멋을 부렸나 봅니다.

"같이 산책 가자, 응?"

나는 다시 물었습니다.

"갔다 와서 놀아줄게. 미안, 누나."

윤석이가 밖으로 나가버렸습니다.

나는 혼자 남았습니다.

엄마는 덕장에 가고, 아빠도 일을 나가시고, 집엔 아무도

없었습니다. 그리고 윤석이마저 친구를 만나러 나갔습니다.

답답했습니다.

집에 혼자 있는 게 싫었습니다.

바람이 너무 쐬고 싶었습니다. 그래서 친구들이 사준 원피스를 입고 패딩재킷에 목도리까지 걸치고 집을 나섰습니다.

밖은 어느덧 날이 저물고 있었습니다.

갑자기 겨울바다가 보고 싶어져 방파제로 나갔습니다.

바람은 차가웠지만 기분은 상쾌했습니다. 늘 집에만 처박혀 있다가 바깥에 나오니 숨통이 트이는 것 같았습니다.

저편으로 보이는 노을이 너무 예뻤습니다. 정말 오랜만에 보는 노을이었습니다. 그 예쁜 풍경을 사진으로 남기고 싶었습니다.

휴대폰을 꺼내 셀카를 찍었습니다. 활짝 웃으면서.

한결 기분이 좋아졌습니다. 이럴 줄 알았으면 진즉에 나올 걸 그랬습니다.

예전에는 미처 몰랐습니다. 내가 사는 동네가 이렇게 예쁜 줄은. 바닷가 풍경이며, 갯벌이며, 파도가 부서지는 바위들까지. 모두가 예쁘고 정겨웠습니다. 그래서 집에 돌아가서도 잊지 않으려고 하나하나 사진으로 담고, 눈으로 담았습니다.

하늘이 붉게 물들고 있었습니다.

그 하늘이, 갑자기 옆으로 기웁니다.

내 몸도 함께 기웁니다.

버텨보려고 하는데 몸이 말을 듣지 않습니다.

이상합니다. 몸이 내 몸 같지 않습니다.

딱딱하고 차디찬 바닥이 등을 때립니다.

잠시 후에야 알았습니다. 내가 쓰러졌다는 사실을.

누군가가 소리를 지르며 달려옵니다.

처음 듣는 목소리입니다.

고개를 들고 보려고 했지만 그럴 수가 없었습니다.

몸이 너무 무거웠습니다.

자꾸만, 자꾸만 눈이 감깁니다. 졸음이 쏟아집니다. 눈꺼풀
이 무거워져서 버틸 수가 없었습니다.

자꾸, 자꾸…….

시커먼 어둠이 나를 집어삼켰습니다.

아무것도 보이지 않았습니다.

아무 소리도 들리지 않았습니다.

아무것도.

그리고…….

"윤미야!"

아련하게 귀에 익은 목소리가 들립니다.

엄마의 목소리였습니다.

"정신 차려라, 윤미야!"

이번엔 아빠의 목소리도 들렸습니다.

누군가 나를 흔들어 깨웁니다.

눈을 떴습니다. 엄마가 보였습니다. 익숙한 풍경. 아빠의
택시 안이었습니다. 엄마가 나를 끌어안고 있었습니다.

"거기를 왜 갔어?"

엄마가 묻습니다.

대답을 하고 싶었지만 목소리가 잘 나오지 않았습니다. 그
리고 너무 더웠습니다. 몸에서 열이 났습니다.

"더워……."

엄마가 차창을 내려주었습니다.

열린 틈으로 찬바람이 들어왔습니다. 기침이 났습니다. 스
멀스멀 한기가 내 안으로 들어와 몸이 떨렸습니다.

"너무 추워."

엄마에게 말했습니다.

엄마는 얼른 창문을 닫아주었습니다.

기침이 더 심해지면서 숨이 가빴습니다. 그리고 다시 열이
나기 시작했습니다. 몸이 불덩이처럼 뜨거웠습니다. 갑갑했
습니다.

"더워……."

엄마에게 다시 덥다고 말했습니다. 내가 왜 이러는지 나도

잘 모르겠습니다. 그냥 더웠다 추웠다 그럽니다.

엄마가 내 이마에 손을 짚더니 아빠에게 말했습니다.

"여보. 애가 이상해."

아빠가 브레이크를 밟고 차를 세웠습니다.

"여보. 어떡하지?"

엄마가 아빠를 부릅니다.

"윤미야!"

아빠가 나를 부릅니다. 아빠의 목소리가 떨립니다. 우는 것 같은데 잘 보이지가 않습니다. 제대로 보고 싶은데 시야가 뿌옇게 변해서 너무 흐리게만 보입니다. 고개를 돌리고 엄마를 봐도 마찬가지입니다.

두 분 다 울고 있는 것 같습니다. 왜 그러는지 모르겠습니다. 이유를 묻고 싶은데 목소리가 나오지 않습니다. 몸이 무겁게 가라앉는 것 같습니다. 제대로 가눌 수가 없습니다.

"윤미야, 이렇게는 못 보낸다."

아빠가 말합니다.

아빠가 내 손을 꼭 잡습니다. 계속, 나를 보내지 못한다고 말합니다. 나는 여기에 있는데.

뭔가 내 얼굴에 떨어집니다. 눈물방울이었습니다. 아빠가 울고 있었습니다. 왜 우는지 모르겠지만 그 눈물을 닦아주고 싶었습니다. 아빠가 우는 모습을 보고 싶지 않았습니다. 그러면 나도 울 것 같았습니다. 그래서 그만 울라고, 아빠의 눈물을 닦아주었습니다.

"아빠가 너 억울한 거 풀어줄 거야. 아빠 약속 할게. 윤미야……."

아무리 눈물을 닦아줘도 아빠가 계속 웁니다. 우리 아빠는 참 눈물이 많습니다. 울보였던 모양입니다.

울면 얼굴에 주름지는데…….

울지 마, 아빠.

뭔가 더 말을 해주고 싶은데 목소리가 나오지 않습니다.

하고픈 말이 너무나 많은데, 해줘야 할 말이 너무 많은데 입이 떨어지지 않습니다.

그냥 한마디라도 해주고 싶은데.

사랑한다고.

미안하다고.

그 한마디를 꺼내는 것도 너무 힘듭니다.

자꾸만, 자꾸만 몸이 가라앉습니다.

아빠의 목소리가 점점 희미해집니다. 내게 뭐라고 이야기를 하는지 듣고 싶은데 잘 들리지가 않습니다.

아빠의 목소리만큼이나 얼굴도 흐릿해집니다.

아빠 얼굴이 너무나 보고 싶은데 볼 수가 없습니다.

우리 아빠, 착한 아빠, 너무 좋은 아빠.

이상합니다.

이렇게 간절히 보고 싶은데, 분명히 눈을 뜨고 있는데 아빠의 얼굴을 볼 수가 없습니다.

졸음이 쏟아집니다.

이대로 잠들면 안 될 것 같은데…….

참 이상합니다. 더는 아프지 않습니다. 갑자기 병이 나은 것처럼. 마음이 편해집니다. 모처럼 아프지 않고 편히 잘 수 있을 것 같습니다. 아빠의 얼굴을 보고 싶은데, 아빠의 이야기를 더 듣고 싶은데, 지금은 그냥 자야겠습니다. 자고 일어나서 건강한 모습으로 다시 아빠를 보면서 이야기를 나눠야겠습니다.

그래, 그러면 될 것 같습니다.

그러니까, 아빠.

지금은 안녕.

2. 끝날 때까지 아직 끝난 것이 아니다

윤미랑 약속했어요.
우리 딸의 억울함을 알리고 똑같은 사람이 나오지 않게.
내가 그렇게 할 거예요.
반드시 그렇게 만들 거예요.

윤미가 우리 곁을 떠났습니다.

믿을 수가 없었어요. 지금이라도 흔들어 깨우면 아무 일도 없었다는 듯 웃으면서 일어날 것 같은데.

내 딸 윤미가 그렇게 세상을 떠났어요.

가슴이 무너지는 것 같았어요. 숨을 쉬기가 힘들었어요. 뭘 어떻게 해야 할지 아무것도 생각나지 않았어요.

"눈이라도 감아야지. 그렇게 가면 안 되는 거야."

아내가 윤미의 눈을 감겨주었어요. 얼마나 억울하면 눈을 못 감았을까요. 아내의 말을 듣고 왈칵 눈물을 쏟았어요.

심장이 터질 것 같아 택시 밖으로 나왔어요. 아내의 울음소리를 들으며 그냥 넋을 잃고 걸었어요. 어디로 가야할지도 모르겠고, 이젠 뭘 해야 할지도…….

경적을 울려대며 지나가는 차들이 야속하게 느껴졌어요.

저 많은 사람들 중에 누구 하나 우리에게 관심을 주지 않았어요. 누구도, 단 한 사람도 윤미의 이야기를, 우리 이야기를 들어주려고 하지 않았잖아요.

사람들이 어떻게 이렇죠.

세상이 어쩌다가 이렇게 된 거죠.

내 딸이 저렇게 세상을 떠났는데 누구도 관심을 가져주지도 않고, 누구도 귀담아 들어주려고 하지 않았잖아요. 이대로 끝낼 수는 없었어요. 이렇게 윤미를 보낼 수는 없었습니다. 아무도 들어주지 않으면 내가 그들에게 들려줄 거예요. 세상이 관심을 갖지 않으면 내가 관심을 갖도록 할 거에요.

윤미랑 약속했어요. 우리 딸의 억울함을 알리고 똑같은 사람이 나오지 않게, 내가 그렇게 할 거예요.

반드시 그렇게 만들 거예요.

반드시…….

난주의 이야기

자의 반, 타의 반. 민규에게 설득 당해, 아니 그런 척하면서 선배가 하는 노무법인으로 옮기기로 마음을 먹고 실행에 옮기던 날. 스스로에게 도망칠 핑계를 만들어주고 현실에 안주하기로 작정했던 그날. 패배주의에 사로잡혀 허우적거리던 나에게 필요한 건, 적당한 구실과 그걸 충족시켜줄 환경이라고 자위하며 정든 사무실을 두고 떠나기로 한 그날. 한 통의 전화가 모든 것을 원점으로 돌려놓았다. 거짓말처럼.

한동안 보지 않았던 전공서적을 담은 박스를 들고 옮기려는데 전화벨이 울렸다. 유선전화가 아니라 휴대폰이었다. 누군가 싶어서 봤더니 모르는 번호였다. 받을까말까 한참을 망설이다가 전화를 받았다. 난데없이 웬 남자의 울음소리가 들렸다.

"여보세요?"

"노무사님."

귀에 없는 목소리였다.

"누구시죠?"

나는 무성의한 대답을 하면 그냥 끊을 생각으로 물었다.

"윤미가 갔어요."

남자는 그렇게 대답했다.

윤미라면…….

'우리 딸 말 좀 들어주세요. 아무도 안 도와줘요. 제발요. 부탁합니다. 오늘이 병원에서 나오는 날인데, 좀 만나 주세요. 제발…….'

생각났다.

한 윤미. 진성 반도체에서 근무하다가 백혈병에 걸린 불행한 아이. 전화를 건 사람은 그 아이의 아빠인 한 상구 씨.

"어디 말할 데가 있어야지요. 아무도 우리 얘길 안 들어줬는데요."

한 상구 씨는 울음 섞인 목소리로 말을 이었다. 나는 가만히 듣기만 했다.

"노무사님만, 들어줬어요. 윤미가요, 고맙다구 했어요."

그리고 전화는 끊겼다.

윤미가 죽었다.

아픈 와중에도 아빠를 걱정하던 그 착한 아이가 세상을 떠났다. 나와는 상관없는 일이라고 여겼는데, 이 착잡한 기분은 뭐지.

"준비 다 했네? 이것만 나르면 되나?"

그때 민규가 이삿짐센터 직원들과 함께 나타났다.

"왜 그래? 무슨 일 있어?"

내 표정에서 뭔가를 알아차린 민규가 무슨 일이냐며 물었다. 나는 말없이 민규를 쳐다보았다.

"뭔데 그래?"

다음날 나는 윤미의 마지막 가는 길을 배웅하러 속초로 갔다. 민규는 이미 선배의 노무법인으로 옮기기로 결심까지 해놓은 마당에 무슨 미련이 남아서 그러냐며 잔소릴 하고 나를 말렸지만 그냥 무시해버렸다. 솔직히 나도 이유를 몰랐으니까.

한 상구 씨의 가족들은 윤미를 울산바위라는 곳에서 떠나보내기로 했다. 어렵게 길을 물어가며 찾아가니 다른 사람들은 보이지 않고 단출하게 그들 가족만 자리를 지키고 있었다. 동생으로 보이는 남자애가 윤미의 유골을 뿌리고 있었다. 나는 멀찌감치 서서 가만히 지켜만 보았다. 내가 끼어들어도 되는 것인지 알 수 없어서 망설였다.

이윽고 유골을 모두 뿌리고 나서 그의 아내와 아들이 먼저 산을 내려갔다.

한 상구 씨는 마치 내가 오리란 걸 예상했다는 듯 홀로 남아서 나를 기다렸다. 내가 다가가자 흘끗 돌아보더니 희미하게 미소를 지었다.

"윤미, 일할 때 숨도 제대로 못 쉬었대요. 이제 마음껏 숨이라도 쉬라구 여로 왔어요."

"공기가 참 맛있네요."

나는 고개를 끄덕였다. 그의 말대로 여기라면 고인이 맘껏 숨을 쉴 수 있을 것 같단 느낌이 들었다.

어느덧 해가 지고 있었다. 맞은편에 커다란 바위가 보였다.

"저게 울산바위에요."

내 시선을 따라 앞을 쳐다 본 한 상구 씨가 고개를 주억거리며 말했다.

"속초에 웬 울산?"

생뚱맞다 싶어서 그렇게 물었다.

"원래 금강산에 가야 되는데……. 미련해서. 꼭 나 같아요. 아무짝에도 쓸모없는 게."

갑자기 한 상구 씨가 울음을 삼켰다. 이럴 땐 어떻게 해야 하는지 몰라서 무척 애매하다. 그래도 내가 할 수 있는 게 뭔지 생각해보았다. 답이야 빤하다.

"소주나 한 잔 하실래요?"

우리는 산을 내려와 가까운 포장마차를 찾았다.

멍게를 안주 삼아 소주 대여섯 병을 쉴 새 없이 마셨다. 급하게 마셔댄 탓인지 금세 취기가 올라왔다. 그건 한 상구 씨도 마찬가지였다.

"그래서 그만둔다고요?"

한 상구 씨가 물었다. 내가 노무사를 그만둔다고 말했던가. 말한 모양이다. 나는 술을 따르며 조용히 고개를 끄덕였다.

"돈 벌어야죠. 차도 외제차로 하나 끌고 강남에다가 근사한 아파트도 사고. 이제 시집도 가고. 생각만 해도 신난다. 히히."

"근데 여기는 왜 왔어요?"

그가 다시 물었다. 이유를 곰곰이 생각해보았지만 나도 왜 왔는지 알 수가 없었다. 그래서 솔직히 대답했다.

"나도 모르겠어요."

한 상구 씨가 젓가락으로 멍게를 가리켰다.

"야가 동물이게요. 식물이게요?"

"동물 아니에요?"

나는 자신 없는 목소리로 되물었다.

"아니에요. 첨에 동물이었는데 난중에 식물이 돼요."

갑자기 그런 황당한 이야기를. 의도가 뭔지 몰라서 한 상구 씨를 빤히 쳐다보았다.

"말도 안 돼."

"얘도 태어날 때는 뇌가 있는데요. 바다 속에 살다가요. 어디 한군데 자리 잡구 살기 시작하면요, 뇌를 소화시켜 버린대요. 그리고 나선 뿌리를 박고 살기 시작한데요."

무슨 소리를 하고 싶은 거야, 대체. 너무 생뚱맞은 이야기라 이유를 물어보려는데 한 상구 씨가 막잔을 마시고 자리에서 일어났다.

"그만 마시구 가야지요. 그래야 내일 또 일을 하지."

그러더니 포장마차 밖으로 나가버렸다. 황급히 계산을 치르고 쫓아가니 저만치에서 내게 손을 흔들었다.

멍게? 뇌를 소화시킨다고? 그거 설마 나를 빗대고 한 이야기인가. 생각이 거기까지 미친 나는 괜히 부아가 치밀었다.

"동물이 어쩌고 식물이 어째요?"

한 상구 씨가 뒤를 돌아보았다.

"뭐가요?"

"조금 전에 나한테 한 말이요. 나보고 멍게처럼 살지 말라는 거예요?"

나는 따지듯이 물었다. 그러자 한 상구 씨는 애매한 미소를 짓더니 바다를 보며 두 팔을 벌렸다.

"세상 사람들이 다 비웃어두요. 저 바다는요. 안 비웃어요. 나, 끝까지 갈 거예요."

나는 고개를 돌려 밤바다를 바라보았다. 하얗게 파도가 부서지는 밤바다를.

결국 이 사람은 그 무모한 싸움을 기어이 시작하겠다는 건가. 빤히 질 걸 알면서도? 이길 수도 없는 싸움을 굳이…….

나는 절대 못할 것이다. 아니 안 할 거다. 이제 지는 일엔 너무 지쳤으니까. 암, 그렇고말고.

민규는 나보고 바닷바람을 쐬고 오더니 뇌 속에 소금이라도 들어가서 어떻게 된 거 아니냐며 잔소리를 늘어놓았다. 그래도 내 고집을 꺾지는 못했다. 결국 선배가 한다는 노무법인으론 민규 혼자만 들어갔다. 나는 사무실에 홀로 남았다. 다시 예전처럼.

어쩌면 얼마 지나지 않아서 이 결정을 후회할 수도 있다. 하지만 그건 나중의 일이다. 누가 뭐래도 지금의 난, 매우 확고하다. 계란으로 바위 치기라는 것도 알고, 이기기 힘든 싸움이라는 것도 안다. 그럼에도 해보고 싶었다. 무엇이 내 마음을 바꿨는지는, 솔직히 나도 잘 모르겠다. 그냥 막연하게 한 상구 씨라면 이전의 의뢰인들과는 다르게 끝까지 갈 거라는 믿음이 들었다. 이유? 그런 건 없다. 그냥 직감이다. 그리고 막연하지만 한 상구 씨에게 어떤 기대감이 있었다. 다행히 그는 내 기대를 저버리지 않았다.

그는 성실한 학생이었다. 내가 가르친 것을 잘 숙지하고 착실하게 행동에 옮겼다. 우리는 곧바로 근로복지공단으로 찾아가 산재를 신청하면서 출석조사를 요구했다. 공단의 담당자는 예상했던 것처럼 비협조적인 태도를 취했다. 처음부터 쉽진 않았지만 한 상구 씨는 거기에 굴하지 않고 사전에 예습한 것을 토대로 정확하고, 너무나 당연한 요구를 했다.

"여기 서류를 보니까 윤미 씨는 3라인 3베이에서는 석 달만 일을 했고. 라벨, 스티커 붙이는 작업을 했네요."

담당자가 서류를 훑더니 그렇게 말했다.

"아니라니깐요. 우리 윤미는 3베이에서 식각공정에서 일했다니깐요? 그게 약품 다루는 건데……."

한 상구 씨는 담당자의 말을 부정하며 완강하게 따졌다.

"그럼 뭡니까? 진성에서 서류를 이렇게 가짜로 올렸다는 건가요? 그 큰 회사에서? 말이 되요 그게?"

담당자는 기가 차다는 듯 한 상구 씨를 바라보며 도리어 따지고 들었다. 한 상구 씨는 부아가 치미는지 얼굴을 붉혔지만 침착히 심호흡을 하면서 냉정을 되찾았다. 이런 일에 흥분은 금물이다. 성급하게 말실수라도 하면 그걸 두고두고 물어지는 일이 다반사다. 그래서 미리 주의를 줬고 한 상구 씨도 잊지 않고 상기하면서 스스로를 진정시켰다.

"그럼, 그 큰 회사서 왜 백혈병 환자들이 나온대요? 그

큰 회사서 왜 돈으로 입을 막으려고 한대요? 그 큰 회사서
왜…….”

예상하지 못한 반격이었는지 담당자가 당황한 표정을 지었
다.

“그만하시죠?”

목소리에서도 당황한 기색이 역력했다.

“역학조사 의뢰 하셨어요?”

한 상구 씨는 틈을 주지 않고 상대를 코너에 몰아붙였다.

“네?”

담당자가 무슨 소리냐며 되물었다.

한 상구 씨는 그렇게 나올 줄 알았다는 듯 안경을 쓰고 미
리 표시해 둔 규약을 찾아서 그에게 보여주었다.

“이거 봐요. 출석조사 담에는 현장조사를 해야 된다고 여기
에 쓰여 있잖아요.”

말문이 막혀버린 담당자는 한 상구 씨를 멍하니 쳐다보았
다. 대답이 궁색해져서 입맛만 다셨다.

“빨리 의뢰하세요!”

용건을 마친 한 상구 씨가 자리에서 일어났다.

파티션에 기대서 가만히 지켜보고 있던 나는 그에게 엄지
손가락을 세워보였다. 100점 만점에 100점짜리 활약이었다.

“우와, 공부 열심히 하셨네.”

“다 노무사님 덕이지. 평생 첨으로 밤을 꼴딱 샜어요.”

한 상구 씨가 멋쩍게 웃으며 말했다. 이만하면 시작은 나쁘지 않았다.

그리고 얼마 후.

공단으로부터 현장조사에 대한 승인이 떨어졌다는 연락이 왔다. 미리 언론사에 보도 자료를 뿌린 게 주효했다. 기자들도 상당수 참여하는 현장조사였다. 진성 입장에서는 꽤 껄끄러웠을 텐데 여론을 의식해서 마지못해 승낙을 한 모양이었다. 이걸로 까다로운 첫 번째 관문을 통과한 샘이다.

하지만 마냥 좋아할 일은 아니었다. 진성 반도체 측에서 한 상구 씨만 출입을 허락했고, 대리인 자격으로 가는 나에겐 출입을 금했다. 아예 명단에 있지도 않았다. 너무 황당해서 나는 안내원들에게 따졌지만 웃기지도 않는 규정만 읊어댔다. 나는 공장으로 들어가는 버스에 올라타려고 시도를 해보았지만 안내원들의 저항도 만만치 않았다. 그래도 포기하지 않았다. 내가 막무가내로 버스에 오르자 당황한 안내원들이 쫓아와 내 팔을 잡았다. 나는 그들을 뿌리치며 동승을 요구했다.

“아저씨, 좀 탑시다. 네?”

“명단에 없으면 들어갈 수 없다니까요.”

내가 안으로 들어가려고 하자, 안내원이 내 팔을 잡으며 가로막았다.

"현장조사에 유족 측 대리인을 참여 못하게 하는 법이 어딨
어요?"

다시 따지면서 진입을 시도했지만 결과는 마찬가지였다.

"윗선 지시사항이에요. 어차피 출입증 없으면 들어가시다
안에서 또 걸려요."

몇 번을 물어봐도 대답은 똑같았다. 나는 방법을 바꾸기로
했다.

"기자님들! 뭐가 공정한 거예요? 법적 대리인도 같이 들어
가야 하지 않겠어요?"

내 물음에 기자들은 고개를 돌렸다. 벌써 거마비라도 챙긴
건가. 나는 입술을 깨물고 기자들을 노려보았다.

"아가씨?"

기자들 중 가장 연장자로 보이는 남자가 나를 불렀다. 그것
도 아가씨라니. 하여간에 마초들이란.

"노무삽니다."

나는 호칭을 정정해주었다.

"그래, 그래. 노무사 아가씨."

순간 울컥해서 맞받아치고 싶은 걸 가까스로 참았다.

"이게 벌써 몇 분 째야? 우리 바쁜 사람이야."

역시 이 방법으로는 안 되는 건가. 포기하고 내려가려는데
기자들 사이에서 낯익은 얼굴이 흘끗 보였다.

그랬다. 분명히 아는 녀석이었다.

"야! 너 '됐고' 아냐?"

나는 반가운 마음에 소리를 질렀다.

녀석은 대학 시절의 후배였다. 성이 '고 씨'이고 말버릇이 툭하면 '됐고!'라고 해서 붙여진 별명도 '됐고!'였다. 녀석은 아차, 싶었는지 얼른 의자 밑으로 몸을 숨겼지만 그렇다고 포기할 내가 아니다.

결국 내 시선과 주변을 의식한 후배는 마지못해 백기를 들었다.

"너, 나 좀 보자."

나는 고 기자를 버스 밖으로 끌어냈다.

"보도자료 뿌린 게 선배였어?"

고 기자는 미리 알았다면 여기까지 오지 않았을 거라는 듯이 고개를 가로저었다.

"내가 널 왜 생각 못했을까?"

나는 싱글거리며 고 기자의 머리를 쓰다듬었다.

"에효, 됐고. 노무사 때려 친다고 노랠 부르고 다녔다며."

고 기자가 항변했다.

"언제? 누가?"

나는 모르는 일이라며 잡아뗐다.

"대진 타이어 때도……. 에효, 됐고. 전처럼 올인 하지는

마. 당신만 다쳐."

고 기자가 옛날 일을 들먹이면서 은근슬쩍 하늘같은 선배랑 맞먹으려고 들었다. 나는 고 기자의 머리를 쥐어박았다.

"당신? 이게 아주 맞먹으려고 드네. 나이 좀 먹었다 이거냐? 그래봐야 넌 여전히 나한테는 대학 시절의 후배 '됐고'야."

"됐고! 기자를 치네. 언론탄압인가?"

"아유 하튼 기자란 인간들. 입만 살아서. 콱 그냥."

내가 손을 들자 고 기자는 눈을 질끈 감으며 움찔했다. 나는 손을 내리고 녀석의 팔에 매달렸다.

"기사 좀 제대로 써주라. 부탁할게."

고 기자가 창가에 앉은 한 상구 씨를 흘끗 쳐다보며 말했다.

"저 아저씨가 피해자 코스프레 하는 거라면 어쩌려구?"

답답한 녀석.

나는 고 기자를 노려보았다.

"너 나 못 믿냐?"

고 기자가 그렇다고 고개를 끄덕였다. 그래서 한 대 쥐어박았다. 다시 물으니 그새 입장을 바꾸어 믿는다고 했다. 역시 남자랑 북어는 사흘에 한번씩……

상구의 이야기

우여곡절 끝에 윤미가 일하던 공장으로 들어오게 되니 만감이 교차했어요. 자꾸만 윤미가 눈에 어른거려서 무척 심란했죠.

방진복으로 갈아입고 기자들과 함께 안내원을 따라 안으로 들어갔어요.

"이제 안으로 이동하시겠습니다."

기자들이 서로 쳐다보면서 농담을 건넸어요.

"야~ 이거 뭐 우주복 같네."

"이런 거 쓰고 입으면 안전하겠어."

뭐가 안전하냐고, 한마디 해주고 싶었지만 가까스로 참았어요.

"한 윤미 씨가 일했던 공정입니다. 보시다시피 완전 자동화된 공정으로……."

안내원이 자랑스럽다는 얼굴로 클린룸 안을 가리켰어요.

윤미가 말해주던 식각공정. 거기엔 사람이 아니라 기계가 대신 일을 하고 있었어요. 그럴 리가 없는데, 우리 윤미가 내게 거짓말을 할 리가 없는데. 뭔가 잘못되었다는 걸 깨달았어요. 이건 가짜라는 것을.

그때였어요.

기계 대신 이 방진복을 입고 일을 하고 있는 윤미가 보였어요.

윤미는 무슨 금속 판자를 커다란 약품 통에 담갔다가 빼는 걸 여러 차례 반복했어요. 그 작업이 무척 고된지 얼굴을 찡그리며 숨을 몰아쉬었어요. 그러다가 갑자기 헛구역질을 하면서 손으로 코를 틀어막았어요. 너무 깜짝 놀라서 얼어붙은 채 쳐다보는데 윤미가 하혈을 하고 있었어요. 하얀 방진복 하의가 온통 시뻘겋게 물들어서 바닥에도 핏자국이 생겼어요. 윤미가 쓰러지자 사람들이 달려와 윤미를 밖으로 데리고 나갔어요. 그러고는 내 앞에서 의식을 잃어버렸어요. 나는 너무 놀라서 그만 소리를 질렀어요.

"윤미야!"

그때야 환각이란 걸 깨달았습니다. 하지만 그건 윤미의 기억이 되살려준 장면이었지, 결코 지어낸 그림이 아니었어요. 그래서 알았어요. 아, 이것들이 우리 윤미가 여기서 병에 걸린 걸 숨기려고 수작을 부리고 있구나. 내가요. 사람 얼굴만 봐도 다 알아요. 뭘 숨기고 있으면 대번에 얼굴에 나타나요. 안내원의 얼굴도 마찬가지에요. 분명히 뭔가를 감추고 있었어요. 더는 참을 수가 없었어요. 그래서 마스크를 벗어던지고 소리쳤습니다.

"이건 다 조작이야!"

안내원이 하얗게 질린 얼굴로 다가왔어요.

"위험합니다!"

나는 에어샤워 룸에서 뛰쳐나갔어요.

"다 가짜야! 이건 완전히 거짓말투성이야! 일부러 감추려고 내 딸 일하던 데를 너희가 다 없애버렸어!"

그때 작업장에서 일하던 두 명의 엔지니어가 달려와 내 팔을 잡고 밖으로 끌어냈어요.

"지, 진정하시구요."

"놔 놓으라고! 거짓말 하지 마!"

내가 소란을 피우자 다른 안내원을 따라갔던 기자들이 몰려왔어요. 거기엔 고 기자님도 있었죠.

"당신들도 전부 똑같애! 직장 동료들이 죽었는데 뭐하는 거야? 어떻게 그럴 수가 있어?"

나는 엔지니어들을 뿌리치며 거칠게 따졌어요. 너무 화가 나서 참을 수가 없었습니다. 그러자 엔지니어들이 내 팔을 놓으며 물러섰어요.

"그, 그러니까 여기서 이러시지 말고."

둘 중 키가 작은 사람이 나를 말리려고 했어요. 그러자 옆에 있던 키 큰 남자가 그 사람을 도리어 말리는 거예요.

"선배. 우리가 나설 일이 아닌 것 같아요."

그러더니 자기들이 알 바 아니라는 듯 황급히 자리를 피했어요. 비겁하게. 동료가 죽었는데도 관심조차 갖지 않고. 어떻게 사람이 그럴 수가 있는지. 너무 답답하고 한심하고 이해할 수도 없고, 또 그래서 너무 화가 났어요.

"저놈들이 전부 바꿔 놨어."

가까스로 분을 삭이면서 내뱉었습니다. 그랬더니 유일하게 고 기자님만이 나서서 내게 물었었죠.

"무슨 말씀이십니까?"

"이거 가짜야. 윤미가 일한 데는 이런 데가 아니라고!"

다시 울컥해서 소리를 질렀어요. 그러니까 안내원이 진땀을 흘리면서 변명을 늘어놓기 시작했어요. 아마도 기자들 눈치를 보느라 그랬겠죠.

"저기, 선생님. 따님을 잃은 것은 무척 유감스럽습니다만, 저희로서는 최대한 보상을 고려해 드렸고……."

보상을 해줬다는 말에 눈이 뒤집히는 줄 알았어요. 그래서 더는 참기 힘들어 버럭 소리를 질렀습니다.

"당신들이 뭘 해줬는데? 보상이라고? 그건 사원들 성금 모아서 준 거잖아?"

그때 고 기자님이 물었죠.

"보상금이 아니라 성금을 모아 줬다고요?"

안내원이 당황해서 눈치를 살폈어요. 기자들은 웅성거리기 시작했고.

"자세한 이야기 좀 더 듣고 싶은데요?"

고 기자님이 다시 물었죠.

"그냥 여서 기자회견 해버립시다."

"그러시죠."

그러자 눈치를 살피던 기자들이 주섬주섬 필기구를 꺼내고 내 앞으로 모였어요. 안내원은 뒤로 밀려나서 이러지도 저러지도 못하고 발만 동동 굴렀어요. 나는 그 양반을 무시하고 기자들만 쳐다봤습니다.

"내 딸이 여기서 일하다가 죽었고, 걔 사수도 죽었습니다. 그냥 사고로 죽은 것도 아니에요. 백혈병이에요. 기자님들 백혈병이 그리 쉽게 걸리는 병인가요? 근데요, 3라인에서 백혈병으로 죽은 사람만 다섯 명이 넘는다구 했어요. 이게 말이 되나요?"

내 말이 끝나기가 무섭게 기자들이 서로 질문하겠다며 손을 들었어요. 이런 날은 처음이었어요. 지금껏 그렇게 우리 이야기를 해달라고 애원해도 아무도 귀를 기울여주지 않았는데, 갑자기 많은 사람들이 서로 듣겠다고 난리잖아요. 기쁘면서도 한편으로는 착잡했습니다. 진작 이렇게 우리 이야기에 귀를 기울여주었다면 윤미를 그렇게 떠나보내지 않아도 되었을 텐데, 하는 생각이 들었어요. 그래서 눈물이 날 것 같은 걸 간신히 참으며 기자들의 질문에 차근차근 답변을 했어요.

"네, 천천히 한분씩 질문하세요. 네, 네……."

종대의 이야기

늘 시계바늘처럼 반복되던 일상에 소소한 소요가 일어났다. 아니, 소소하다고 하기엔 너무 소란스러웠나.

예전에 3라인에서 일하던 한 윤미라는 직원의 아버지가 기자들과 함께 현장조사라는 명목으로 작업장을 찾아왔다.

사실 그들이 오기 전부터 '한 윤미'라는 이름을 알고 있었다.

얼마 전부터 회사에 떠도는 괴담 때문이었다. 자꾸만 사람들이 이유 없이 죽어나간다는 소문이었다. 다소 황당한 내용이지만 한편으론 무시무시한 이야기여서 상사들에게 사실 여부를 확인하고 싶었지만 눈치가 보여서 여태껏 꾹 참아왔었다.

그러다가 현장조사에 참여한 한 윤미 직원의 부친이 소란을 일으키는 바람에 다시금 그 괴담을 떠올리고 말았다.

도영 선배와 탈의실로 돌아온 후에도 계속 머릿속에 맴돌
았다.

"아까 그 아저씨 말, 설마 정말 아니겠죠?"

선배에게 넌지시 물었다.

"비, 비슷한 이야길 들은 적 있어."

내 물음에 도영 선배는 잠시 고민하는 표정을 짓더니 조심
스럽게 말문을 열었다. 선배까지 알고 있는 걸 보면 그냥 뜬
소문만은 아닌 모양이었다.

"그럼 회사에서 무슨 조처를 취했겠죠. 협력업체 가봤어
요? 어휴, 살벌한 데가 많아요. 시설도 열악하고 비정규직만
쓰고."

나는 다시 선배의 눈치를 살피며 슬쩍 운을 뗐다.

"우, 우리 회사 시설이야 최, 최고지. 그, 근데 이번에 교체
한 3라인 쪽은 많이 낙후 되었던 건 사실……."

그때였다.

팀장님과 부팀장님이 불쑥 들어오시는 바람에 우리는 대화
를 거기서 멈추어야 했다. 선배와 나는 황급히 자리에서 일어
나 인사를 했다.

"괴담 같은 건 믿지 마라. 진성맨이면 회사를 믿어. 우린 일
만 열심히 하면 돼. 그거면 충분해."

아무래도 우리가 한 이야기를 모두 들은 모양이다.

“네.”

도영 선배는 얼굴을 붉히며 고개를 숙였고, 나도 주의하겠다는 의미로 고개를 숙였다.

“알겠습니다. 팀장님께서 제일 고생하셨습니다. 부팀장님도 애 많이 쓰셨구요.”

나는 분위기를 무마하려는 요량으로 두 분에게 너스레를 떨었다.

“그래, 너도 땀 뺐다.”

부팀장님이 어색하게 웃으며 내 어깨를 토닥여주었다. 하지만 이걸로는 부족하다는 느낌이 들었다.

“반주 한잔들 하셔야죠?”

내 말에, 도영 선배가 기가 막힌다는 듯이 나를 쳐다보았다. 도영 선배는 나보다 연차가 오래되었지만 워낙 숫기가 적어서 상사들과 가벼운 사담을 나누는 것도 버거워했다. 하지만 나는 천성적으로 사람 사귀는 걸 좋아해서 별로 어려움을 느끼지 못하는 편이다. 오히려 삼촌 같고 형님들 같아서 편히 느꼈다.

“조, 종대 너 많이 컸다? 고참들한테 권주도 하고.”

도영 선배가 상사들 눈치를 보며 내게 말했다.

“어휴, 선배님. 이제 저도 연차가 있는데요.”

내 말에, 팀장님이 웃으면서 흔쾌히 승낙했다.

“하여간에, 넉살은 좋아. 그래, 한잔하자. 내가 쏘마.”

어차피 도영 선배는 거절을 못하는 성격이니 물어보나 마나다. 남은 사람은 그럼 부팀장님 한 사람뿐이다.

“부팀장님?”

“야야, 나는 좀 빼주라. 요즘 몸이 워낙 안 좋아서. 쿨룩 쿨룩.”

부팀장님은 어딘가 불편한지 기침을 하며 손사래를 쳤다. 안 그래도 요즘 들어 부쩍 안색이 안 좋아진 것 같았다.

“어? 부팀장님.”

옷을 갈아입느라 몸을 숙인 부팀장의 뒷목에 멍처럼 생긴 검은 반점이 보였다. 내가 그 반점을 가리키자 이미 본인도 알고 있었는지 애매한 표정을 지었다. 감추고 싶었던 모양인지 쭈뼛거리며 팀장님의 눈치를 살폈다.

“멍드셨네. 소주 한잔하면 싹~ 사라집니다.”

나는 다시 부팀장님에게 제안했다.

“한잔할까 그럼?”

부팀장님은 졌다는 듯 고개를 흔들며 웃었다. 나도 따라서 웃기는 했지만 마음은 편하지가 않았다. 부팀장의 뒷목에 생긴 멍을 보는 순간, 갑자기 회사에 떠도는 괴담이 다시 떠올랐기 때문이다.

아무래도 회사에서 감추고 있는 뭔가가 있는 게 분명하다.

그게 뭔지는 아직 잘 모르겠지만.

상구의 이야기

기대가 크면 실망도 크다고 하던가요. 현장조사를 갔다가 뜻하지 않게 기자회견을 했을 때만 하더라도 사람들에 대한 희망을 다시 갖게 되었다고 생각했어요. 하지만 다음날 조간 신문들을 보고 크게 낙심했습니다. 내가 너무 성급했나 봐요. 인터뷰를 하면서 나눴던 대화들은 단 한 줄도 기사에 실리지 않았어요. 그러기는커녕 다들 진성의 편을 들어주는 기사만 썼더군요. 어느 신문도 내가 했던 이야기를 실어주지 않았어요. 그럼 그날 가졌던 기자회견은 대체 뭔가요? 그냥 불쌍한 놈을 위한 값싼 동정?

"눈썹조차 내놓고 다닐 수 없는 청정지역. 1입방 피트 당 1마이크론의 먼지? 백혈병 유발 물질을 찾는 건 불가능. 발암 물질이 눈으로 보이냐 기자야?"

노무사님이 기사를 읽다가 짜증을 내며 내려놨어요. 다른 신문을 봐도 마찬가지였어요. 보이는 대로 잡고 펼쳐보았지만 크게 다를 게 없었어요.

"라인 최첨단 설비, 자동화로 수공정 거의 없어. 자기들이 죄다 없애 놓고는……."

"진성의 파란색 로고가 티 없이 청명한 봄 날씨와 어우러져 공장은 깨끗한 인상을 줬다. 아주 백일장을 쓰고 있네. 뭐, 신춘문예라도 나갈 건가?"

"노무사님, 신문이 어떻게 다 이럴 수 있죠?"

내가 노무사님에게 물었어요. 너무 답답해서.

"진성은 최대 광고주니까 비판하는 기사를 못 쓰겠죠."

노무사님이 씁쓸하게 웃으면서 말했어요.

"신문에 나면 싹 다 진짠 줄 알았는데……."

이야기를 들으니 이해는 가지만 아무리 그래도 이건 아니다 싶었어요. 어떻게 신문이 거짓말로 기사를 쓸 수가 있나요.

그때였어요.

노크 소리가 들리고 어떤 작은 여자 분이 문을 열고 들어왔어요.

"저기, 노무사님 좀 뵈러 왔는데요."

"어떻게 오셨어요?"

노무사님이 물었어요.

"아, 구 정애라고 합니다. 신문기사 보다가 검색해보니까 여기 전화번호가 나와서요. 저희 남편도 진성에서 일하다가 백혈병에……."

우리는 자리에서 벌떡 일어났습니다. 이렇게 직접 찾아온 사람은 처음이었어요.

"아, 내 정신 좀 봐. 여기에 앉으세요. 커피 괜찮으시죠?"

노무사님이 정애 씨에게 자리를 권하고 커피를 가지러 갔어요. 정애 씨는 내게 인사를 하고 조용히 자리에 앉았어요.

참하게 생긴 사람이 말도 조곤조곤 잘했어요.

정애 씨는 노무사님이 가져온 커피를 마시면서 남편 이야기를 해줬어요. 정애 씨의 남편도 윤미처럼 백혈병으로 세상을 떠났다고 했어요.

"골수이식 받으려고 기다리고 있다가 그만……. 서른두 살 건강한 남자였어요."

"회사에선 뭐라던가요?"

노무사님이 물었어요.

"그냥 개인적인 질병이래요. 나쁜 새끼들. 다 죽여 버리고 싶어! 씹째끼들!"

자그마한 여자가 그리 쌍욕을 하니 무척 당황스러웠어요. 그건 노무사님도 마찬가지인지 잠시 말을 잃었어요. 뒤늦게 정애 씨가 깨닫고 어색하게 웃으며 고개를 숙였어요. 우리도 괜찮다며 웃어주었고요.

"지금 하시는 일은요?"

노무사님이 조용히 물었어요.

"어린이 집에서 일해요. 진성에서는 오퍼레이터로 일했고."

정애 씨가 다시 조곤조곤한 말투로 이야기를 했어요.

"그럼 반도체 공정에 대해 잘 아시겠네요?"

진성에서 일했다는 이야기에 노무사님이 반색하며 되물었어요. 정애 씨는 그렇다며 고개를 끄덕였어요.

"그럼요. 10년이나 일했는데."

노무사님이 밝은 표정으로 나를 쳐다봤어요. 조금 전까지 우리를 괴롭혔던 절망감이 조금은 보상받는 기분이었어요.

"이제 뭔가 슬슬 풀리기 시작하는 거 같아요, 그쵸?"

"그러네요, 노무사님."

사무실 전화가 울려서 노무사님이 전화를 받으러 갔어요. 그러더니 더 밝아진 얼굴로 우리를 쳐다보았어요.

무슨 일인가 궁금해서 물어보려는데, 노무사님이 수화기를 막고 속삭였어요.

"제보자래요."

순간 귀를 의심했어요. 제보자가 나타나다니. 비록 거짓말로 기사를 쓰고 그것 때문에 상처를 받았지만, 어제 벌인 기자 회견이 아주 성과가 없었던 건 아닌 모양이었어요.

"네. 어디시라고요?"

"우리 지금 만나러 갑시다."

나는 자리에서 벌떡 일어났어요. 제보자를 직접 만나고 싶었습니다. 정애 씨도 같은 심정인지 따라서 일어났어요.

"가 봐요. 보고 싶어요. 누군지."

전화를 건 사람은 경기병원에 입원한 주연이란 아가씨의 어머니였어요. 그 주연이란 친구도 우리 딸이랑 같은 3라인에서 일했다고 하더군요. 병원에 도착하자마자 노무사님이 전화를 받았어요. 그게 고 기자님의 전화였죠.

"야 됐고! 뭐야? 니네가 신문이야, 찌라시야? 그럴 거면 그냥 때려 쳐, 인마. 뭐 너도 쪽팔리다고? 그럼 이쪽으로 와. 쪽팔리지 않을 기회 줄 테니까."

그리고 우리는 고 기자님을 기다렸다가 같이 병실을 찾았죠.

침대 위에 주연이가 누워있는 걸 보니 윤미가 생각났어요. 우리 윤미랑 비슷한 나이에 똑같은 병을 앓고 있다니. 너무 마음이 아파서 차마 똑바로 쳐다볼 수가 없었어요. 참으려고 해도 자꾸 윤미 생각이 나서 눈시울이 뜨거워졌어요. 그래서 초면에 실수라도 할까봐 저는 그냥 입을 다물고 있었습니다. 질문은 노무사님이 했어요.

“나이가?”

“이제 스물 셋, 백혈병이구요.”

주연이 어머님이 딸의 손을 잡으며 조용히 말했어요.

“어머님은 무슨 일 하세요?”

“학교 급식장에서 일해요.”

“지금까지 받으신 치료는요?”

“항암 치료 다섯 번. 골수이식 받았고.”

“월급에는 만족한 편이었나요?”

노무사님이 주연이에게 직접 물었어요.

“기본급 80만 원 정도?”

“네? 그것밖에 안 돼요?”

너무 적은 액수라 저도 깜짝 놀랐어요. 우리 윤미가 월급이라며 붙여준 돈은 그보다 훨씬 많았거든요. 그럼 우리 윤미도…….

“성과급으로 돌리니까요. 보너스로 채워야죠. 딴 팀과 경쟁이 붙게 만들어요. 누가 더 물량 잘 뽑나. 수당은 누가 더 많이 받나. 그래서 안전장치를 풀고 작업하곤 했어요.”

“이 불쌍한 것아.”

주연이 어머님이 울음을 터뜨렸어요. 저도 윤미 생각이 나서 울컥했지만 가까스로 참았어요.

“에이그 엄마 또 운다. 이리와.”

우리 윤미만큼이나 착한 딸이었습니다. 주연이는 자기 엄마를 다독이며 위로해주었어요. 오히려 위로를 받아야 할 사람이.

"애 아빠는 애가 병에 걸린 다음부턴 아무 일도 안 해요. 그냥 술만 마셔요. 더 이상 어떻게 버틸지……."

"힘내, 엄마. 나 곧 일어날 거야."

주연이가 엄마의 머리를 쓰다듬으며 말했어요.

자꾸만 윤미랑 겹쳐 보여서 더는 자리를 지킬 수가 없었습니다. 그래서 양해를 구하고 병실에서 나왔어요. 노무사님도 곧바로 따라 나왔어요.

우리 뒤를 따라오는 고 기자님을 보고 물었어요.

"윤미랑 나이도 같구요. 병도 같아요. 이래도 못 믿어요?"

내가 묻자 고 기자님은 시선을 피했죠.

"내가 아니, 우리가 살릴 거다."

노무사님이 말했어요.

"그럽시다. 꼭 그래 합시다."

그러자 고 기자님이 우리에게 고개를 숙이고는 물었죠.

"도와줄 분들은?"

"찾아야지."

노무사님이 대꾸했어요.

"선배가 설득하게?"

“난 안 돼. 안티가 많아서.”

그럼 누구냐며 고 기자님이 노무사님을 쳐다보니까, 노무사님은 다시 나를 쳐다보며 웃었어요.

“그러네. 선배보단 낫겠다.”

“그렇지?”

고 기자님이 고개를 끄덕이며 저를 쳐다봤어요. 두 분이 무슨 이야기를 나누는지 그때만 해도 알 수가 없었어요.

“주간지로 옮길까봐.”

“오라는 덴 있냐?”

“기사 써서 들고 다녀보지 뭐. 헤드카피는 정했다.”

보근의 이야기

윗분들의 심기가 불편해졌다. 특히 몇몇 분은 일처리를 깔끔하게 처리하지 못했다며 나에게 불만을 표시했다.

덩달아 나도 기분이 나빠졌다. 강원도 촌구석에서 택시를 모는 무식쟁이 양반 때문에 내 입지가 곤란해졌으니까.

뭐든 적당한 게 좋다는 말이 있는데, 그걸 모르는 사람들이 꼭 문제를 일으킨다. 관용을 베풀어주면 고마워해야 하는데 오히려 역으로 뒤통수를 치는 배은망덕한 사람들이 있다. 아무래도 내가 너무 유순하게 대해준 모양이다.

나는 손에 쥐고 있던 시사주간지를 조수석으로 던졌다. 표지에는 '속초의 택시기사, 진성 반도체를 정조준하다'라는 헤드라인 기사가 보였다.

분수도 모르고, 쯧. 아주 제 무덤을 파고 있군그래. 이 답답한 양반, 그렇게 죽은 딸을 따라가고 싶은 건가.

휴대폰이 울렸다.

발신자는 기획 전략실, 문자 메시지다. 윗분들의 호출이다. 제기랄, 아무래도 오늘은 집에 가긴 틀린 모양이다.

룸미러에 걸린 아내와 아들의 사진이 눈에 들어왔다. 조금 있으면 결혼기념일인데, 또 미안한 일이 생기겠군. 기분 전환을 위해서 목캔디를 집어 입 안에 털어 넣었다. 그러고는 우두둑 씹으며 차를 출발시켰다.

아무래도 조만간 한 상구 씨를 또 만나야할 것 같다. 이 일을 하면서 같은 사람을 세 번까지 만난 적은 한 번도 없었는데, 이번에 그 기록이 깨질 듯싶다. 이런 기록은 계속 유지하고 있는 편이 좋은데 말이다. 처음 봤을 때부터도 그랬고 영 맘에 들지 않는 상대다. 그래도 이렇게까지 문제를 일으킬지는 전혀 몰랐다. 내가 너무 얕잡아봤나.

한 상구 씨에게 감시를 붙인 부하로부터 메시지가 왔다. 윗분들을 만나가기에 앞서 들러야할 곳이 생겼다. 기자회견을 연단다. 참, 가지가지 한다.

이렇게 빨리 재회하게 될 줄이야. 물론 오늘은 직접 만나서 대화를 나눌 생각은 없다. 그냥 그 기자회견이라는 걸 얼마나 잘하는지 지켜볼 생각이다. 대응은 그 다음에 해도 늦지 않다. 그래봐야 꿈틀거리는 지렁이에 불과하니까. 사람들이 잘 모르는데 지렁이는 아무리 꿈틀거려 봐야 지렁이다. 할 수 있

는 게 고작 그것뿐이다. 이빨이 없으니 물 수도 없고 그렇다
고 독이 있는 것도 아니다. 그냥 꿈틀꿈틀. 제 성에 못 이겨서
아등바등 단순한 몸부림에 불과한 거다. 그런 걸 두려워해야
하나?

　나는 차를 기자회견장으로 돌렸다.

난주의 이야기

정말로 어렵게 대책위원회를 결성했다. 넓은 장소를 빌려서 인권단체, 산업보건의 모임, 시민단체, 건보연 등등 필요하다 싶은 단체는 모두 불러 모았다. 지난번 병원에서 가졌던 즉흥적인 기자회견과는 여러 모로 다르다. 이번에는 눈과 귀가 많기 때문에 기자들도 장난질을 칠 수가 없다.

문제는 누가 어떻게 포문을 열 것인가이다. 나는 그 카드로 한 상구 씨를 선택했다.

기자 회장에 모인 사람들은 하나같이 뚱한 얼굴로 한 상구 씨를 쳐다보았다. 그들 눈에는 한 상구 씨의 초라한 행색만 들어오는 것 같다. 본질은 드러나지 않는 내면에 있다는 걸 아무리 이야기를 해줘도 사람들은 금세 까먹는다.

드디어 한 상구 씨가 마이크 앞에 섰다. 나는 긴장하지 말라며 눈짓으로 신호를 보냈다.

"전요 속초서 온 한 상구라 합니다. 그러니깐. 에⋯⋯. 저희 딸이요. 백혈병에 걸렸는데 회사가 진실을 은폐하고⋯⋯."

너무 많은 이목이 쏠린 탓인가. 한 상구 씨는 계속 눈치를 살피며 좀처럼 말을 잇지 못했다. 이러다간 기자회견이고 뭐고 사람들의 불만만 살 것 같다. 나는 황급히 한 상구 씨에게 다가가 귓속말로 말했다.

"긴장하지 말고 편히 이야기하세요."

"못하겠어요. 이런 거 해 본적이 없어요."

"왜 해본 적이 없어요?"

내가 물었다.

"은제요?"

한 상구 씨는 무슨 말인지 모르겠다는 듯 고개를 갸웃하며 되물었다. 그래서 나는 웃으면서 그에게 힌트를 말해주었다.

"제가 지금 여기 누구 때문에 있는 거예요?"

내 말에 자신감을 얻었는지 한 상구 씨는 심호흡을 하고 다시 청중들을 바라보았다. 조금 전과는 사뭇 다른 분위기다.

"우리 애는 굶어 죽었어요. 음식을 삼키지도 못해서 새 모이만큼, 그냥 먹는 흉내만 냈어요. 항암치료 때문에 입안이 다 헐어서⋯⋯. 백혈병, 그거 너무 힘든 병이에요. 요즘은요, 차라리 그렇게 빨리 간 게 좋은 걸 수도 있겠다 싶어요. 원래 건강했던 사람이 암 걸리기 쉬운 건간요? 몇 십 년 술을 마시고 담배도 피고 해야 암에 걸리는 거 아닌가요?”

드디어 사람들이 한 상구 씨의 이야기에 집중하기 시작했다. 나는 잘하고 있다며 한 상구 씨에게 사인을 보냈다.

“그 공장에 아직도 사람들이 그냥 다녀요. 회사선 모른 척해요. 전부 개인 잘못이래요. 그 공장서 일하는 사람들 언제 환자 될지 몰라요. 그러니까 여러분들께서 도와주셔야 돼요.”

이야기를 마치자 사람들의 박수가 쏟아져 나왔다. 이런 기세로 나가면 뭔가 실마리가 보일 것 같았다.

다음 타자는 정애 씨였다. 조곤조곤한 그녀의 말투는 한 상구 씨가 보여준 진정성과는 또 다른 힘이 있었다.

“안전 교육이요? 회사에서요? 아니요, 전혀. 십년 동안 반도체 칩 맨손으로 만지지 마라. 딱 한 번 들었네요. 선배한테.”

“방진복이 위험물질을 막아주지 않나요?”

고 기자가 준비한 멘트를 날렸다.

“방진복이요? 그 옷 방수 같은 거 하나도 안돼요. 약품 묻으면 그냥 스며들어. 클린룸에서 제일 오염원이 뭔지 아세요? 사람이에요, 사람. 기침, 재채기, 땀, 숨 그런 거에 미세 입자가 나와요. 그거 막으려고 입히는 거예요.”

그녀의 발언에 사람들이 술렁이기 시작했다. 반신반의하

던 기자들도 흥미를 보였다. 좋은 징조다. 언론에 많이 알리면 알릴수록 우리에게 유리하게 작용할 것이다. 정애 씨와 같은 제보자들을 전면에 내세워서 진성 반도체의 실체를 밝히면 대중의 여론은 우리 쪽으로 돌아설 게 분명하다.

정애 씨에 이어 이번에 새로 찾은 또 다른 제보자, 신 호창 씨가 휠체어를 밀면서 마이크 앞으로 나섰다. 림프종을 앓고 있는 호창 씨는 다리와 손을 심하게 떨었다. 앞선 두 사람과 달리 실제로 아픈 사람이 등장하자 그제야 실감했는지 사람들이 크게 동요했다. 기자들의 손놀림이 바빠졌다.

"현재 어떤 병을 앓고 계시죠?"

모 일간지 기자가 물었다.

"비호지킨 림프종이란 병을 앓고 있습니다."

호창 씨는 차분하게 대답을 해주었다.

"어떤 작업을 하셨죠?"

이번에도 같은 기자가 물었다.

"납땜하고 약품 도금을 했어요. 기계에 남은 약품 제거, 교체, 기계 청소도 하구요."

호창 씨는 제스처를 취해가며 자기가 맡았던 작업에 대해 설명했다.

"손으로 직접요?"

다른 기자가 물었다.

"네. 약품을 만지면요. 고무장갑이 미끌미끌해지면서 녹았
어요."

"쓰던 약품 이름이 뭔가요?"

모 주간지 기자가 물었다.

"TCE. 트리클로로에틸렌. 아예 옆에 두고 썼어요. 성능이
좋으니까."

호창 씨가 잠시 뜸을 들였다가 정확하게 발음을 하려고 또
박또박 한 글자씩 말했다.

"TCE면 일급 발암 물질인데."

고 기자가 끼어들었다.

일급 발암 물질이라는 말에 회견장이 다시 술렁였다. 기특
한 자식.

"그 당시엔 전혀 몰랐습니다. 회사에서 알려주지도 않았구
요."

"설마 그럴 리가요?"

고 기자가 되물으며 분위기를 몰아갔다.

"사실이에요."

대답은 다른 사람이 했다. 호창 씨와 마찬가지로 이번에 새
롭게 찾아낸 피해자, 김 옥연 씨였다. 그녀는 자연스럽게 마
이크를 넘겨받아 질문에 답변했다.

"92년 입사해서 6년간 근무했어요. 급성 골수성 백혈병이

구요. TCE를 면봉에 묻혀서 닦아내는 일을 하루에 100에서 200회 정도. 아무리 냄새가 나도 환기를 못 시켜요. 먼지 들어가면 큰일 나니까."

기자회견은 성공적이었다.

지난번과는 다르게 이번에는 언론들도 진성의 입장에서만 기사를 다루지 않았다. 여전히 눈치를 보는 분위기이지만 우회적으로 진성을 질타하는 내용들이 많았다. 무엇보다 언론보다는 대중의 여론이 더 거센 반향을 일으켰다. 네티즌들이 이야기를 퍼 나르면서 분위기가 급격하게 바뀌기 시작했다.

우리도 능동적으로 움직였다.

플랜카드를 들고 진성 반도체 공장 앞으로 나가서 시위를 벌였다. 공장 직원들과 부딪히기도 했지만 여론의 이목을 끌기엔 충분했다. 돌아가면서 진성 반도체나 국회 앞에서 피켓을 들고 1인 시위를 벌이는가 하면, 얼마 전에는 피해자들을 모아 근로복지공단에 단체로 산업 재해 신청서를 제출했다.

네티즌들의 도움으로 후원회 성격을 띤 일일 호프집을 성공리에 열기도 했다. 대단한 성과는 아니어도 암울했던 시작에 비하면 놀라운 발전이었다. 그래서인가. 최근에 들어 예전 남자친구가 했던 다른 이야기가 떠올랐다.

끝날 때까지 아직 끝난 것이 아니다. 요기 베라라는 유명한 포수가 남긴 말이라고 한다. 이제 그 말은 나를 위해 만든 말

처럼 느껴졌다. 맞다. 분명히 끝날 때까지는 아직 끝난 게 아
니다. 그러니 이번에는 끝까지 가볼 생각이다.

상구의 이야기

기자 회견 이후로 많은 일이 있었어요. 정말 정신없이 시간을 보냈습니다. 많은 사람들을 만나고, 많은 이야기도 들었어요. 전에는 듣지 못했던 격려와 응원까지도. 더러는 부정적이고 험담하는 사람도 있었지만 그런 얘기는 귀담아듣지 않았어요.

그러다가 지난번에 만난 주연이의 병세가 악화되었다는 연락을 받았어요. 그래서 곧 수술에 들어갈 거라고. 곧바로 사람들을 데리고 주연이를 만나러 갔죠. 정애 씨, 옥연 씨, 그리고 호창이까지. 지난번에 만났을 때는 윤미 생각이 나서 많은 이야기를 해주지 못했기 때문에 이번에는 그래서 더 말을 많이 했어요. 다행히 내 이야기를 지루하게 느끼진 않더군요. 꼭 우리 윤미 같았어요. 윤미도 그랬거든요. 내가 무슨 이야기를 해도 재미있다고 해줬어요.

"그래서 바위가 주저앉아서 울산바위가 된 거라니까."

택시를 몰면서 손님들에게 해줬던 울산바위 이야기를 했더니 주연이가 재미있다며 웃었어요. 다른 사람들도 그렇고.

"하하. 몸이 좀 괜찮아지면 속초에 놀러 갈게요. 그 바위 꼭 보고 싶다."

"근데 우리가 너무 갑작스레 찾아온 건 아니니?"

정애 씨가 조심스럽게 물었어요.

주연이는 웃는 얼굴로 그렇지 않다며 고개를 가로저었어요.

"아뇨, 힘이 나요. 무서웠거든요."

"뭐가?"

옥연 씨가 물었어요.

"수술도 무섭고. 불 꺼진 복도에 암 병동 간판도……. 무균실도 무서워요. 혼자 거기 들어가 있으면 그냥 관 같아요."

이야기를 하던 주연이의 표정이 어두워졌어요. 옥연 씨가 기운 내라며 주연이의 손을 잡아주었어요.

"힘내라. 나도 그랬어."

갑자기 분위기가 숙연해져서 다들 입을 다무는데 마침 노무사님이 오셨어요.

"어, 노무사님?"

"안녕? 다들 계셨네요?"

노무사님이 침대 머리맡에 놓은 액자를 보고 다가가서 사진을 살펴보며 말했어요.

"이야, 김태희 저리가라네?"

사진을 보니 정말로 예뻤어요. 우리 윤미처럼. 사람들이 번 갈아가며 사진을 보자 주연이가 부끄러운지 빨개진 얼굴을 가리며 물었어요.

"지금은 괴물 같죠?"

"예뻐질 거야. 아주 그냥 남자들이 침 질질 흘리게 될 걸?"

노무사님이 고개를 가로저으며 말했어요.

"노무사님처럼요?"

주연이가 되물었어요.

"님은 무슨. 이제 언니라고 불러."

노무사님이 그렇게 말하자 주연이가 수줍게 웃었어요.

"다음에, 만나면 꼭 그럴게요."

"근데요 언니가 아니라 이모뻘 아니래요? 그럼 내를 오빠 라고 불러도 되겠네?"

내가 그렇게 말하자 노무사님이 사납게 나를 쏘아봤어요. 섬뜩해서 슬쩍 뒤로 물러섰더니 사람들이 왁, 하고 웃음을 터 뜨렸습니다. 저도 따라서 웃었어요. 윤미가 떠나고 처음이었 던 것 같아요. 정말 오랜만에 웃어보는 거였어요.

3. 역전의 용사들

사람들이 그러는데 당신 또라이래.
근데 또라이 아니면 그 사람들이랑 못 싸울 것 같아.
당신이라도 가서 싸워.
우리같이 애들 먼저 보내는 부모, 더 이상 안 생기게.

보근의 이야기

다시 속초 땅을 밟았다. 별로 달갑지 않은 출장이었지만 자꾸만 돌아가는 상황이 그렇게 만들고 있다.

한 상구. 그 고집불통이 계속 일을 벌이는 바람에 나까지 분주해졌다. 그를 직접 만나 회유하고 압박하는 건 별로 효과가 없었다. 방법을 달리 해야 했다. 정공법이 통하지 않으면 다른 방법을 찾는 건 당연한 일이다.

사람마다 아킬레스가 있기 마련이다. 대부분은 가까운 사람이 아킬레스에 해당한다. 한 상구도 예외는 아니다. 그래서 한 상구가 집을 비우는 동안 그의 가족들을 주시하기로 했다. 지난번의 기억을 되새겨 보면 한 상구는 아내에게 약한 모습을 보였던 것 같다. 때문에 그의 아내를 첫 번째 대상으로 삼았다. 미리 조사한 바로는 그의 아내는 집근처 황태덕장에서 늦은 시간까지 일을 한다고 한다. 아무래도 택시 운전만으로는 벌이가 시원찮은 모양이다.

쯧쯧, 한 상구 씨. 부인이 이렇게 고생을 하는데 쓸데없는 일로 시간낭비하지 말고 운전대나 열심히 잡을 것이지.

늦은 시각, 한 상구의 아내가 일한다는 덕장을 찾아갔다. 물론 얼굴을 비치진 않았다. 그저 조용히 감시만 할 생각이었다. 그것만으로도 충분히 효과는 있다. 드러나지 않는 압박감에서 오는 불안감. 그것만큼 사람을 두렵게 하는 것도 드물다. 허름한 창고에 꾸며진 덕장으로 가까이 가니 생선 비린내가 진동했다. 수건을 꺼내 코를 막고 조용히 안을 들여다보았다.

"윤석 엄마. 거 쉬엄쉬엄 해. 뭔 일을 그렇게 쉬지도 않고 해?"

덕장의 주인이 한 상구의 아내에게 말을 걸었다. 한 상구의 아내는 다른 인부들에게 멀찌감치 떨어져 황태를 손질하고 있었다.

"윤미 엄마에요."

"걔가 간 지 벌써 두 해가 지났는데, 아직도?"

"저는 그게 좋네요."

나도 모르게 쓴웃음이 나왔다. 죽은 사람에게 집착하는 건 부부가 똑같은 모양이다. 피곤한 부류들이다.

"애 아빠는 요새 통 안보이네?"

옆에서 일을 하던 여자들이 한 상구의 아내를 흘끔거리며 쑥덕거렸다.

"서울에서 뭔 놈의 데모 한다고 해 싸면서. 그게 글쎄 빨갱이 물이 들었대……."

빨갱이라. 발상들 하고는. 뭐 아주 틀린 건 아니지만. 말하는 거나 발상이 참 저렴한 사람들이다 싶었다.

"그것도 그렇구. 다른 꿍꿍이속이 있다던데?"

"뭔 꿍꿍이?"

"딸 애 목숨 값은 확실히 받아내야지 않겠어?"

그렇지. 본질은 결국 돈이지. 아줌마들이 뭔가를 아는군. 결국 돈 때문에 모든 일이 벌어지는 법이다. 한 상구도 마찬가지고. 대체 이 인간은 얼마를 받아내려고 계속 우리를 괴롭히는 건가. 그냥 시원하게 액수를 말하면 서로 편할 텐데.

그때 한 상구의 아내가 손을 멈추고 자리에서 벌떡 일어났다.

나는 얼굴이라도 마주치면 곤란해질 것 같아 황급히 차로 돌아왔다. 내가 차에 오르는 것과 동시에 한 상구의 아내도 덕장에서 나왔다. 간발의 차이였다. 조금만 늦었더라도 마주쳤을 것이다.

운전석에서 대기하고 있던 부하직원이 무슨 일이냐는 듯이 나를 쳐다보았다. 나는 별 거 아니라는 의미로 조용히 웃어주었다. 그리고 앞이나 잘 지켜보라고 지시했다. 사냥개처럼 명령에 잘 복종하는 친구라 긴 말은 필요하지 않았다.

한 상구의 아내가 두리번거리더니 이쪽을 쳐다보았다. 차창을 진하게 선탠을 해서 내 얼굴을 알아보진 못할 것이다. 내 쪽을 한참이나 바라보던 그의 얼굴에 두려운 기색이 떠올랐다. 의도했던 대로 불안감을 느끼고 있는 게 분명했다.

한 상구의 아내는 가슴이 답답하다는 듯 두들기며 몇 차례 기침을 하더니 다시 덕장 안으로 들어갔다.

나는 목캔디를 씹으며 음악을 들었다. 어차피 서두를 이유는 없다.

얼마 후, 그녀가 덕장에서 나와 집으로 향했다.

남편은 또 서울에 가서 일을 벌이느라 바쁜 모양인지 바래다주는 사람 없이 혼자서 집까지 걸어간다. 한 상구의 아내는 걸음을 옮기는 중간, 중간에 두려운 표정을 지으며 뒤를 흘끗 돌아보았다.

"따라가."

나는 부하직원에서 차를 출발시키라고 지시했다.

그리고 서행으로 그녀를 따라갔다.

그녀의 걸음이 점점 빨라졌다.

나는 이때다 싶어서 속도를 올리라고 지시했다.

"밟아!"

내 말이 떨어지기가 무섭게 부하직원이 액셀을 밟았다.

그녀가 깜짝 놀라 뛰기 시작했다. 우리는 일부러 그녀를 지나쳐서 도로로 나갔다. 룸미러로 흘끗 보니 바닥에 주저앉아서 숨을 헐떡이고 있는 게 보였다. 나는 그녀를 내버려두고 다음 대상을 찾아가기로 했다.

덕장에서 얼마 떨어지지 않은 곳의 편의점. 한 상구의 아들인 한 윤석이 일하는 곳이다.

"여기서 대기해."

나는 차에서 내려 편의점으로 들어갔다.

계산대에 사장으로 보이는 30대 중반의 남자와 유니폼을 입은 한 상구의 아들, 윤석이 보였다. 여전히 껄렁껄렁한 분위기였다. 나는 냉장고로 가서 아이스크림을 고르며 흘끗 계산대를 쳐다보았다.

"3, 2, 1! 땡!"

카운트를 하던 윤석이 냉동식품 코너로 가더니 진열대에서 햄버거를 꺼내 포장지를 벗겨 그 자리에서 먹기 시작했다. 그러고는 종이팩 우유를 집어 유통기한을 확인하고는 마찬가지로 거기서 입구를 열어 벌컥벌컥 마셨다.

그걸 지켜본 주인이 어이없다는 듯이 혀를 찼다.

"야! 너, 지금 뭐 하는 거냐?"

윤석이 주인을 한번 쳐다보고는 아무렇지도 않게 계속 햄

버거를 먹었다.

"방금 유효기간이 지났잖아요. 어차피 버릴 건데……."

주인이 황당한 얼굴로 윤석을 쳐다보며 야단을 쳤다.

"야, 이 또라이 같은 놈아. 그러면 쫌 이따가 퇴근하구 먹으면 되잖아!"

그러자 윤석이 햄버거와 우유를 들고 계산대에서 나오면서 씩씩거렸다.

"그만두면 되잖아! 나, 이거 더러워서 일 못하겠네. 밥도 안 주고 일시키는 주제에, 큰소리는. 씨발."

주인은 말문이 막혀 윤석이 나가는 것을 멍청히 지켜보았다.

나는 바나나 우유를 들고 계산대로 가져갔다.

"여기 계산요."

"아? 아, 예. 칠백 원입니다."

주인이 황급히 바코드를 찍으며 가격을 말했다. 나는 물건값을 치르고 우유를 쪽쪽 빨면서 편의점을 나왔다.

주위를 둘러보니 그사이에 옷을 갈아입은 윤석이 어딘가로 급히 걸어가고 있었다. 나는 마시던 우유를 휴지통에 버리고 조용히 윤석을 불렀다.

"한 윤석 씨?"

"누구세요?"

윤석이 나를 돌아보았다. 내 얼굴을 기억하지 못하는 모양인지 처음 만났을 때처럼 기분 나쁜 눈초리로 훑었다.

"잠시 시간 좀 내주시죠?"

나는 웃으면서 말했다.

"에이, 씨발. 가입 안 해요."

웃기는군. 윤석은 나를 영업사원으로 취급했다.

"난 그런 사람이 아니라……."

"안 사. 돈 없어."

그러고는 침을 뱉더니 급히 자리를 뜨려고 했다. 나는 차에 대기 중인 부하에게 수신호를 보냈다. 듬직한 사냥개는 신속한 동작으로 차에서 내리더니 이쪽으로 달려와서는 윤석의 앞을 가로막았다.

"뭐야?"

윤석이 나를 노려보았다.

나는 싱긋 웃어보였다.

이제야 나를 알아보는 모양이었다. 윤석의 얼굴에는 당황한 기색이 역력했다. 앞뒤로 포위된 압박감 때문인지 몰라도 조금 전과 같은 건방진 태도는 보이지 않았다. 눈을 내리깔며 조심스러운 말투로 내게 물었다.

"무슨 일이죠, 저한테."

나는 다시 웃었다.

"이제야 좀 대화가 되겠네, 그치?"

도영의 이야기

벌써 몇 번째인지 모르겠다. 종대가 다시 요령을 피우기 시작했다. 이번 달에만 네 번이 넘는다. 덩치도 나보다 큰놈이 걸핏하면 엄살을 떨었다. 지금도 중요한 교체 작업을 해야 하는데 몸이 안 좋다면서 빠질 궁리를 하고 있었다.

"야, 그 정도 가지고 꾀병이야?"

"그게 아니라니까요."

종대가 억울하다는 듯이 말했다. 그래봐야 내 눈에는 꾀병으로 밖에 보이지 않았다. 방금 전까지만 해도 멀쩡하던 놈이 아프다고 하면 누가 믿겠는가. 종대가 요령을 피우는 일은 어제오늘의 일이 아니다. 아무래도 이번 기회에 단단히 주의를 줄 필요가 있다고 생각했다. 안 그래도 그동안 벼르던 참인데 차라리 잘됐다 싶었다.

"왜들 그래?"

팀장님이 불쑥 나타났다.

"그, 그게 TNPI 교체 작업이 있는데, 이 녀석이 요령을 피우네요."

"요령이라뇨. 어제 머플 클린 하다가 흄을 좀 들이마셨더니, 결혼한 지 얼마 안됐는데. 선배들이 흄 많이 마시면 그게 안 선다고……."

종대는 팀장님 앞이라 그런지 일부러 더 억울하다는 표정을 지으며 항의했다. 이럴 땐 정말 얄밉다.

"나도 멀쩡하게 애 났는데 무슨."

나는 단호하게 잘라 말했다.

팀장님이 나와 종대를 번갈아보시더니 조용히 고개를 가로저었다.

"됐어. 내가 가지 뭐."

"네?"

나는 깜짝 놀라 팀장님을 쳐다보았다.

"오랜만에 현장 함 뛰어 볼까. 옛날 생각나네."

"고맙습니다, 팀장님."

종대가 넉살좋게 넙죽 허리를 숙였다. 내가 눈치를 주는데도 아랑곳하지 않고 싱글벙글 웃는다.

"퇴, 퇴근하는 길이신데 괜찮으시겠어요?"

나는 조심스럽게 물었다.

"내가 집에 가봐야 티브이 밖에 더 보냐? 쿨룩, 쿨룩. 회사
가 편하다, 난."

결국 종대는 교체 작업에서 빠지고 팀장님이 나와 함께 들
어갔다. 방진복을 갈아입고 복도로 들어서니 직원들이 깜짝
놀라며 고개를 숙였다.

"종대. 저 친구 적응 잘하지?"

걸음을 옮기며 팀장님이 물었다.

"그, 그냥 뭐……. 첨엔 어리바리더니 요즘엔 그냥 귀엽던
데요."

나는 건성으로 대답했다.

"잘 보여라."

뜻밖의 말이라 나는 놀란 얼굴로 팀장님을 쳐다보았다.

"네?"

"회사 생활 오래하다 보면 안다. 저런 친구가 잘 돼."

선뜻 수긍하기 어려운 말이라 대답을 머뭇거렸다. 그러다
가 나는 어떻게 보시는지 궁금해졌다.

"저, 저는요?"

"넌 힘들어, 인마."

조금도 망설이지 않고 대답하시는 바람에 무척 당황스러웠
다. 한편으로는 종대보다 못하다는 말 같아서 서운하기도 했
다.

“왜, 왜요?”

내가 물었다.

“속이 너무 착해. 착하면 위로 못 올라가는 법이다. 쿨룩쿨룩.”

팀장님이 웃으면서 말했다.

“쳇.”

나는 속으로 투덜거리면서 팀장님을 따라갔다.

이윽고 우리는 교체작업을 이뤄지고 있는 비닐 천막 안으로 들어갔다. 팀장님이 앞장을 섰다. 나는 부품을 교체해야 하는 콘솔박스를 가리켰다.

팀장님이 일일이 설명하지 않아도 다 안다는 듯 나를 흘끗 보시더니 내 헬멧을 툭 쳤다. 그러고는 콘솔박스를 힘껏 열었다. 그 안에는 우리가 교체해야 할 산소통 모양의 화약 약품 용기가 들어있었다.

팀장님이 미간을 찡그리셨다. 내가 멈칫하자 곧바로 괜찮다며 교체 용기를 건네라는 사인을 했다. 너무 오랜만에 하는 현장 업무라 그런지 팀장님의 손놀림은 그렇게 야무져 보이지 않았다. 약간의 지연만으로도 가스 유출량은 상당하다. 나는 조바심을 느끼며 팀장님의 작업을 지켜보았다. 간신히 마무리를 할 수 있었다.

“팀장님, 괜찮으세요?”

흘끗 보니, 팀장님이 진땀을 흘리고 있었다.

"이까짓 거. 내가 반도체 밥이 몇 년인데."

팀장님이 별 거 아니라며 내게 눈을 찡긋하셨다. 그러다 갑자기 천막을 붙잡고 쓰러졌다. 천막도 덩달아 무너졌다. 나는 깜짝 놀라 황급히 팀장님을 부축했다.

"팀장님!"

문제가 심각했다. 팀장님은 완전히 의식을 잃어버렸다. 나는 다급히 사람들을 불러 도움을 요청했다.

"거기 누구 없어? 빨리 좀 와봐! 어서!"

상구의 이야기

서울에서 늦게 일을 마치고 속초로 돌아오는 길이었어요.

대책위원회 식구들과 술을 마셔서 차를 두고 온 탓에 정거장에서 내린 뒤로는 집까지 걸어서 갔어요. 그러다가 한적한 해안도로를 따라 걷는데 뒤에서 시커먼 승합차가 따라오는 거예요. 낌새가 이상하다 싶어서 돌아보면, 승합차가 불을 끄고 멈추더군요. 기분이 싸했어요. 왠지 나를 따라온다는 느낌이 강했습니다. 그래서 일부러 걸음을 빨리했어요. 그러자 승합차도 속도를 내기 시작했어요. 갑자기 무서워졌어요. 내가 걸음을 늦추면 승합차도 속도를 늦추고 걸음을 빨리하면 승합차도 속도를 올렸어요. 분명히 일부러 그러는 거였어요. 누가 타고 있는지 보려고 해도 밤이고 선탠까지 짙게 해서 확인할 수가 없었어요.

그래서 기회를 봐서 냅다 집까지 뛰어갔어요. 차가 들어오기 힘든 골목길로 들어가니 더는 따라오지 않더군요. 하지만 마음이 놓이지 않았습니다. 승합차 때문인지 몰라도 자꾸만 누가 쫓아온다는 기분이 들었어요.

"거기, 누구요?"

인기척이 느껴져 뒤를 돌아보았는데 아무런 대꾸가 없었어요. 분명히 발소리를 들었는데 너무 어두워서 아무것도 보이지 않았어요. 아무래도 안 되겠다 싶었습니다. 그래서 다시 뛰기 시작했어요. 불안해선지 내 발소리 말고도, 누군가 나를 뒤쫓아 오는 소리가 들리는 것 같았습니다. 멈추지 않고 계속 뛰었어요.

간신히 집까지 도착해서는 뒤도 안 돌아보고 문을 발로 차고는 안으로 뛰어 들어갔어요. 그러고 황급히 자물쇠란 자물쇠는 모두 채웠어요. 안심이 안 되어서 한동안 문 뒤에서 숨어서 밖을 내다봤어요. 얼마나 놀랐는지 이마에 땀이 흥건하더군요. 겨우 마음을 추스르고 집 안으로 들어갔어요.

그리고 불을 켜는데 거실 한가운데 누가 우두커니 서 있는 거예요. 너무 놀라 비명을 질렀습니다.

"허억!"

다시 정신을 차리고 바라보니 아내였어요. 아내가 거실 한가운데 우두커니 서서 불안한 눈빛으로 나를 쳐다보고 있었어요.

"놀래라. 아 뭐하는 거야, 멍하니 서서."

그때, 자동차가 자갈밭 위를 지나가는 소리가 들렸어요. 뭔가 싶어 나가보려는데 아내가 나를 붙잡았어요.

"그게 정말이야? 사람들이 하는 이야기? 얼마나 타 낼라고 그러는 건데?"

무슨 소리를 하고 있는지 몰라서 고개를 돌리고 아내를 쳐다봤어요.

"먼 소리야?"

"당신, 회사서 돈 뜯어내려고 싸우는 거라며?"

황당했습니다. 다른 사람도 아니고 아내에게 이런 소리를 듣다니.

"어떤 쌍놈의 종자들이 그런 소릴 하나?"

화가 나서 물었어요.

"그럼? 이기지도 못할 싸움을 왜 하는데?"

아내가 나를 똑바로 쳐다보면서 되물었어요.

"내가 몇 번이나 말했잖아. 병 걸린 애들이 한둘이 아니라고."

나는 답답해서 한숨을 내쉬고 지금껏 몇 번이나 말했던 이유를 다시 설명해줬습니다. 하지만 아내는 불신이 가득한 눈빛으로 나를 바라보았어요.

"그만해!"

아내가 소리를 지르다가 그만 주저앉고 말았어요. 그때 봤습니다, 바닥에 굴러다니는 빈 소주병과 잔들을. 술을 마신 모양입니다. 다시 맡아보니 아내에게서 술 냄새가 났어요. 아내는 보란 듯이 내 앞에서 소주를 마셨어요.

"왜 이래? 술도 못 마시는 사람이."

나는 얼른 아내에게서 잔을 뺏었어요. 그러자 아내가 이번에는 내 다리를 잡고 매달리는 겁니다. 그것도 부들부들 떨면서.

"여보 무서워. 누가 날 따라다녀."

"따라다니긴 누가?"

"까만 양복 입은 사람이 집 안도 가만히 들여다보구. 일하는 데도 나타나구."

아내가 실성한 사람처럼 중얼거렸어요. 이 사람이 갑자기 왜 이러나 싶었습니다. 염려스럽고, 무섭고, 또 불안하고.

"무슨 소리야?"

나는 다그치듯이 물었습니다.

"윤석이도 그 사람이 데려갔을 거야."

"진정해! 도대체 왜서 이러나?"

그때, 우당탕 소리를 내며 천정에서 뭔가 떨어졌습니다. 오래된 가옥이라 지붕에 구멍이 난 것 같았습니다. 철제빔이랑 나무지지대, 슬레이트 일부가 거실바닥으로 떨어졌어요. 그

소리에 놀란 아내가 귀를 막으며 소리를 질렀습니다.

"아악!"

"여보, 정신 차려!"

아내가 몸부림을 치며 계속 비명을 질렀어요.

"가야 돼. 놔. 놔!"

"이 밤중에! 어딜!"

내가 다그치자 아내는 갑자기 허공으로 손을 뻗었어요. 뭔가를 잡으려는 듯 간절한 눈빛으로 바라보며 손을 휘저었어요.

"윤미한테, 우리 윤미한테 가야 돼. 눈 감겨줘야 해. 감겨줘야 해. 내가, 눈을 감겨……."

아내는 그대로 정신을 잃어버렸어요. 나는 쓰러지는 아내를 꼭 끌어안았어요.

"여보!"

종대의 이야기

팀장님이 나를 대신해서 교체작업에 나섰다가 사고를 당하고 며칠이 지나서야 도영 선배와 함께 병문안을 갔다. 사고 당일에 병문안을 했어야 하는데 무슨 까닭에선지 윗사람들이 제제를 하는 바람에 지금도 몰래 찾아가는 것이었다.

도영 선배와 함께 병실로 들어서니 인기척을 느끼셨는지 침대에 누워있던 팀장님이 눈을 뜨고 고개를 돌렸다. 부쩍 수척해진 얼굴도 그렇고 안색도 무척 나빠 보였다. 여기로 오기 전에 이미 병명을 들은 터라, 왠지 더욱 아파 보였다.

"팀장님……."

나로 인해 당한 사고로 면목이 없어 팀장님과 눈이 마주치자마자 넙죽 허리를 숙였다. 이것 말고는 달리 죄스런 마음을 표현할 방법이 없었다.

"어? 니들이 왔구나?"

팀장님은 눈이 침침한지 우리를 바로 알아보지 못하고 조금 사이를 두고 나서야 겨우 반가운 표정을 지었다.

"느, 늦었어요. 회사에서 면회를 못 가게 해서. 좀 어뗘세요?"

도영 선배가 눈물을 글썽이며 팀장님의 손을 잡았다.

"이깟 거 암 것도 아니다. 어서 털고 일하러 가야지."

팀장님이 손사래를 치며 말했다.

"배, 백혈병 환자가 무, 무슨 일을 해요?"

병명에 대해서는 서로 함구하기로 해놓고 도영 선배가 눈치 없이 굴었다.

"선배님! 참 눈치도 없게."

"마, 말이 안 되잖아. 회사에 떠돌던 소문이 사실이잖아?"

선배는 약속 따윈 이미 잊은 모양이다.

"입 다물어! 우연이다. 그냥 내가 운이 없는 거야."

팀장님은 단순한 우연이라며 도영 선배의 말을 일축했다. 하지만 도영 선배는 굴하지 않고 부팀장님의 이야기를 꺼냈다. 부팀장님도 팀장님이 사고를 당한 다음날 작업 도중에 갑자기 쓰러졌다.

"부, 부팀장님도 쓰러진 건 아세요?"

"뭐? 영승이가?"

팀장님이 깜짝 놀라시더니 설명을 바란다는 듯이 나를 쳐다보았다.

"무슨 말이냐?"

"흑색종이라고……."

나는 망설이다가 조심스럽게 말을 꺼냈다.

"그게 뭐냐?"

팀장님이 물었다.

"피부암이랍니다."

이번에는 망설이지 않고 대답했다.

'멍드셨네. 소주 한잔하면 싹 사라집니다.'

'한잔할까 그럼?'

그랬다. 지난번에 내가 발견한 건, 단순한 멍이 아니었다. 팀장님이 길게 한숨을 내쉬었다.

"영승이가 피부암이라고……."

갑자기 도영 선배가 털썩 의자에 주저앉더니 얼굴을 감싸며 우는 소리를 냈다.

"아아, 진짜 무서워 죽겠어요. 팀장님, 아무래도 뭔가 이상해요. 왜, 계속 이런 일이 벌어지는 거죠."

팀장님은 아무 말도 하지 않고 조용히 우리를 쳐다보았다.

"선배, 우리라도 뭔가 해요."

내가 말했다.

"너, 너 뭘 어쩌려구?"

도영 선배가 깜짝 놀라 고개를 들었다.

"막아야죠."

나는 단호히 말했다.

"제, 제수씨는? 임신한 지 얼마 안 되었잖아? 그러다가 해고라도 당하면 아, 앞으로 생계는 어떻게 해결하려고?"

도영 선배가 걱정스러운 목소리로 물었다.

"지금 그런 걸 생각할 때에요?"

나는 도영 선배를 다그쳤다. 이 심약한 사람에겐 그럴 용기조차 없겠지만.

"나, 나는 잘 모르겠어."

팀장님이 애매한 눈빛으로 우리를 번갈아보았다. 뭔가 하실 말씀이 많아 보였지만 결국 한마디도 하지 않았다. 그러다가 조금 지나서, 팀장님이 피곤하시다면서 우리를 내쫓듯이 병실에서 내보냈다.

병원 앞에서 도영 선배와 헤어진 나는 집으로 가지 않고 회사로 향했다. 모두가 퇴근하고 없는 사무실로 들어가 팀장님의 책상에 앉았다. 예전에 팀장님의 데스크톱이 바이러스에 감염되었을 때 잠시 봐준 적이 있는데 그때 들었던 패스워드가 아직도 유효해서 어렵지 않게 부팅에 성공할 수 있었다.

윈도를 실행하고 파일을 검색하다가 '절대외부유출금지'라는 제목의 폴더를 발견했다. 폴더를 클릭하니 문서 파일들이 나왔다. 그중에서도 '화학약품일람'이라는 문서가 눈에 띄었다.

나는 주변을 살피며 주머니에서 메모리 스틱을 꺼내 컴퓨터 USB 단자에 삽입했다. 그리고 서둘러 문제의 폴더를 복사하려는데 누군가가 문을 열고 사무실로 들어왔다. 흘끗 보니 인사관리팀의 이보근 실장이었다. 직책도 직책이지만 직원들 사이에서 무시무시한 악명으로 이름 높은 사람이었다. 들리는 소문에 따르면 회사 안팎의 잡음을 처리하는 해결사인데 필요하면 온갖 구린 일을 마다하지 않는다고 한다.

이 실장이 뚜벅뚜벅 발소리를 내며 다가왔다. 나는 얼른 USB를 뽑고 인터넷 브라우저를 열었다.

"이 종대 씨?"

그가 웃는 얼굴로 내 이름을 불렀다.

"왜 그리 땀을 흘리세요? 뭐라도 훔쳐가는 사람처럼?"

나는 너무 긴장해서 대꾸를 하지 못했다. 이 실장은 고개를 돌려 컴퓨터 모니터를 들여다보았다. 다행히 내가 조금 더 빨랐다. 브라우저 화면에 '아이돌 복근 누가 최고인가'란 제목의 인터넷 기사가 떠 있었다.

이 실장이 쓰게 웃으며 다시 나를 쳐다보았다.

"김 교익 씨는 왜 만나셨죠? 면회 가지 말라는 지시사항이 있지 않았나요?"

나는 깜짝 놀랐다. 아무에게도 알리지 않았는데 이 사람이 어떻게 알았을까? 다시금 이 실장에 관한 소문이 떠올라서 등골이 오싹해졌다.

"어떻게, 아셨죠?"

"대답만 하세요."

이 실장이 고압적인 자세로 대답을 요구했다. 아무리 상사라지만 너무 일방적인 태도여서 나도 모르게 화가 치밀었다.

"저희 선배이자 상사신데, 어떻게 안 갑니까?"

나는 따지듯이 물었다.

"하아, 이 사람 참. 회사보다 인간관계가 더 중요하시다?"

이 실장이 비릿하게 웃더니 내게 백지를 내밀었다.

나는 마른침을 꿀꺽 삼켰다.

"이게 뭡니까?"

"사인하든가."

이 실장이 잠시 말을 끊더니 서늘한 눈빛으로 나를 쳐다보았다.

"아니면 그냥 죽던가."

상구의 이야기

아내가 밤새 시름시름 앓았어요. 지붕도 망가지고, 이대로
는 집에 둘 수가 없어서 아침 일찍 처형에게 연락을 했어요.
지붕을 수리하는 며칠만이라도 아내를 돌봐달라고. 몇 해 전
에 장인어른이 돌아가시고 피붙이라곤 두 자매뿐이어서 처형
은 마지못해 승낙했어요. 그러고는 곧바로 큰동서와 함께 아
내를 데리러 왔어요. 처형은 부쩍 수척해진 아내를 보더니 혀
를 찼어요. 그러면서 원망스러운 눈빛으로 나를 쳐다봤어요.
"쯧쯧, 밝았던 애가 어쩌다가……."
나는 면목이 없어서 고개를 숙였어요. 그때 큰동서가 아내
의 가방을 들더니 지나가는 투로 말했어요.
"우리 한 서방, 자네 때문에 밥줄 다 끊기게 생겼어."
"형님, 그게 무슨 말씀이에요?"
나는 깜짝 놀라 물었어요.

“우리가 진성 식구잖아.”

처형 내외는 근방에서 폐지로 박스를 제조하는 작은 공장을 운영하고 있었어요.

“박스 납품하는 게 무슨?”

“우리가 어디에 납품을 하는지 몰라? 갑자기 자네 때문에 거래가 다 끊겨버렸다고.”

“뭐가요?”

“아님 갑자기 왜서 거래가 끊기나? 미치겠어, 우리도.”

“그래도 그렇지, 왜 그게…….”

큰동서가 툴툴거리면서 가방을 들고 나갔어요.

“매제, 꿔간 돈은 언제 갚을 거예요?”

처형이 물었어요.

“죄송해요. 조금만 기다려주시면 다 갚을 게요.”

“흐이그 맨날 말은…….”

“죄송합니다, 정말.”

나는 미안한 마음에 처형에게 고개를 숙였어요.

“알았으니까 그렇게 서 있지 말구 같이 병원에 가요.”

“그, 그럴까요?”

그때였습니다. 노무사님이 전화를 걸었어요.

“저기 잠깐, 전화 좀…….”

처형이 못마땅하다는 얼굴로 쳐다보았어요. 나는 몇 번이나 미안하다고 양해를 구하고 전화를 받았어요.

"여보세요? 예, 노무사님. 네?"

옆에서 처형이 투덜거렸어요. 하지만 귀에 들어오지 않았어요.

"아 쫌. 추워 죽겠는데."

나는 전화를 끊고 처형에게 조용히 말했어요.

"죄송해요. 제가 지금 급히 갈 데가 있어서."

"어딜요?"

처형이 황당하다는 듯 나를 쳐다보았어요.

"서울에 급한 일이……."

내가 양해를 구하자, 처형이 코웃음을 치며 아내를 잡아끌었습니다.

"어이구, 정말. 아니, 지 마누라 아픈 거보다 더 급한 게 뭐야? 가자, 가! 네 서방, 완전 미쳤다, 미쳤어."

아내가 언니의 손에 끌려가며 원망스러운 눈초리로 나를 쳐다보았습니다. 뭔가 말을 해주고 싶었지만 차마 입이 떨어지지 않았어요. 아내에게도 미안했고, 또 갑자기 떠나버린 주연이게도 미안했어요. 네, 노무사님이 전화해서 알려주었어요. 주연이가 결국 병을 이겨내지 못하고 세상을 떠났대요.

윤미를 잃을 때와는 또 달랐어요. 뭐라고 하면 좋을까요. 주연이만큼은 꼭 살리고 싶었어요. 주연이 어머님이 나처럼 딸을 잃지 않도록, 그래서 나와 같은 아픔을 겪지 않게 어떻게든 그 아이를 살리고 싶었습니다. 하지만 이번에도 그 기회를 놓치고 말았어요. 안타까웠어요. 가슴이 너무 아팠습니다.

서둘러 옷을 갈아입고 병원으로 갔어요. 정신없이 영안실로 달려갔더니 활짝 웃고 있는 주연이의 영정 사진이 나를 맞았어요. 정애 씨, 호창이 옥연 씨는 이미 와서 기다리고 있었어요. 내가 도착하고 얼마 안 있어서 노무사님도 오셨어요.

노무사님은 울지 않으려고 입술을 꽉 깨물고 있었어요.

"다음에 만나면 언니라고 하라니까……."

그때 주연이 어머님이 친척의 부축을 받으며 나타났어요. 우리를 보자마자 갑자기 무너지듯 주저앉더니 노무사님을 얼싸안고 울음을 터뜨렸어요.

"노무사님, 미안해. 내가 딸을 팔아먹었어."

무슨 말인가 싶어 우리는 주연이 어머님을 쳐다봤어요.

"그게 무슨 말씀이세요, 어머니."

노무사님이 물었어요.

"죄송해요, 정말로. 주연이 죽기 전날에 도장 찍었어요."

"도장이요?"

"빚을 감당할 수 없어서요. 더 이상 못 버텨서요. 그래서 내가 돈하고 딸을 바꿨어요. 우리 딸이랑 돈을……. 미안해요."

"네?"

노무사님은 무슨 말인가 하려다가 울음을 터뜨리는 주연이 어머님을 보고 굳게 입을 다물었어요. 그때서야 주위를 둘러보니 넥타이에 정장을 입은 진성 반도체 직원들이 진을 치고 있었어요. 그들 사이에 이 실장이 육개장을 맛있게 먹고 있었어요. 그러다가 나와 눈이 마주치자 피식 웃으며 자리에서 일어나 우리에게 다가왔어요.

"어이구, 한 윤미 씨 아버님 아니세요. 이렇게 또 뵙네요. 주연 씨 장례는 저희가 잘 치러드리고 있습니다. 식사라도 하셔야죠."

이 실장이 넉살좋게 웃으며 말했어요. 몸이 부들부들 떨렸어요. 너무 화가 나서 참을 수가 없었습니다.

"이 쌍놈의 종자들!"

나는 소리를 지르면서 이 실장에게 달려들었어요. 그러자 주변에 있던 진성 반도체 직원들이 몰려와서 나를 떼어냈어요.

"이리 와! 이리 오라고, 개자식아! 이리 오란 말이야. 그러고도 니들이 사람이니? 인간이야? 어쩌면 이러니! 어쩌면 이래!"

나는 고래고래 소리를 질렀습니다. 원통하게 죽어간 윤미가 생각나서, 주연이가 너무 가엾어서, 있는 힘껏 고함을 질렀습니다.

"허허, 그 양반 참. 성질하고는…….”

이 실장이 나를 보며 웃더니 직원들의 호위를 받으며 장례식장을 빠져나갔어요. 마음 같아서는 쫓아가서 멱살을 잡고 싶었지만 몸에서 기운이 빠져 그럴 수가 없었어요. 울고 싶었습니다. 하지만 눈물이 나지 않았어요. 가슴이 찢어지도록 아팠는데, 이상하게 눈물은 나지 않았어요. 그래서 더욱 아프고, 슬펐어요.

그날, TV에서는 진성 반도체 부사장의 기자회견을 보여주었어요.

"가족과 같은 직원이었던 고 백 주연 씨의 죽음에 진심어린 애도를 표합니다. 회사에서는 최대한의 위로금과 장례를 치러 드렸습니다. 저희는 세계 최고의 안전 사업장으로 기네스북에 오르기까지 한 기업입니다. 일부 시민단체의 주장처럼 백혈병과는 전혀 무관합니다. 역학조사 결과 백혈병 발병률은 일반인들의 발병률보다 높지 않습니다. 하지만 인도적 차원에서 재직도중 발병한 분들에 대해서 건강회복을 위한 지원 대책을 마련 할 예정입니다.”

다음날 우리도 기자회견을 가졌습니다.

그리고 주연이의 영정을 들고 진성 그룹 본사를 찾아가 추도 행진을 하기로 결의했어요. 우리와 뜻을 같이 하는 분들과 함께 방진복을 입고 그룹 본사를 찾아가 주연이의 원혼을 기리는 시간을 갖도록 의견을 모았어요.

많은 사람들이 모였어요. 노무사님을 비롯해서, 정애 씨, 옥연 씨, 호창이, 그동안 우리를 도와주신 사회운동가 여러분들, 후원회 분들.

나는 윤미의 영정을 들고, 노무사님이 주연이의 영정을 들고 앞장을 섰습니다.

진성에서는 이미 경찰에 연락을 취해 조치를 취한 후였어요. 도로는 지나다니는 차도, 행인도 없이 고요했어요. 대신에 순찰차들이 사이렌을 울리며 도착했어요. 마치 우리가 불법시위라도 한다는 듯, 경찰들이 진을 치고 우리를 적대적으로 바라보고 있었어요.

"여러분들은 도로를 점거함으로써 집회 및 시위에 관한 법률을 위반했습니다. 당장 철회하시길 바랍니다."

제복을 입은 경찰관이 확성기에 대고 그렇게 말했어요. 우리가 불법을 자행했대요. 엄연히 추모제인데, 불법집회를 갖고 있다고 했어요. 답답했어요. 똑똑한 양반들이 나도 아는 걸 왜 모르는지.

"집회를 하는 게 아니라 추모제에요!"

노무사님이 소리를 질렀어요.

"다시 한 번 알려 드립니다. 여러분들은……."

경찰관은 똑같은 말만 반복했어요.

“추모제가 뭔지 몰라?”

노무사님이 답답하다는 듯이 되물었지만 거기에 대답은 없었어요. 경찰들과 대치하는 사이에 본사 건물에서 제복을 입은 경비들이 우르르 쏟아져 나왔어요. 경비들이 거칠게 우리를 끌어내려는 데도 경찰들은 수수방관 지켜만 보았어요.

“여긴 사유지입니다. 비켜들 나세요.”

경비가 거칠게 우리를 밀어내며 소리를 질렀어요.

“왜들 이래요? 도로가 다 진성 거야?”

노무사님이 따졌습니다.

옆에서 나도 거들었어요.

“회장 이리 나오라구 해! 사람들 좀 만나라고 해!”

나는 배 째라는 듯 바닥에 주저앉았어요. 그러자 경비가 어딘가로 무전을 보냈어요. 잠시 후에 더 많은 경비들이 몰려왔어요.

“우린 분명히 경고했습니다.”

우리와 실랑이를 벌이던 경비가 나직이 말했어요.

“이래라 저래라 하지 마. 우린 그냥 추모제를 하고 있을 뿐이야.”

노무사님이 따졌어요.

“알았으니까 딴 데 가서 하시라고요. 왜 여기서 이러냐고요. 여기는 엄연히 사유지라고요. 사유지가 무슨 말인지 몰라요?"

경비가 비웃듯이 말했어요.

"너희야말로 추모제가 뭔지 몰라?"

노무사님이 굴하지 않고 반박했어요. 경비가 웃음기를 지우더니 나직하게 외쳤어요.

"말로 해서는 안 되겠네. 야! 뭐 해? 당장 끌어내!"

그러자 우리와 대치하고 있던 경비원들이 우르르 달려와 사람들을 끌어냈어요. 버텨보려고 했지만 수에서 완전히 밀렸어요. 호창이가 경비들과 드잡이를 하다가 휠체어와 함께 넘어졌어요.

"누님, 누님 나 좀……."

옥연 씨가 황급히 다가가 호창이를 부축했어요. 하지만 옥연 씨도 경비들에게 떠밀려 넘어지고 말았어요.

"아저씨들. 제발 쫌 이러지들 말아요."

경비들은 막무가내로 우리를 도로로 끌어냈어요. 그때까지도 경찰들은 여전히 방관만 하고 있었어요. 마치 자기들과는 아무 상관없는 일이라는 듯이.

"우린 당신들하고 같은 회사 사람이었어!"

정애 씨가 소리를 질렀어요.

"미친년. 지랄하네."

경비 하나가 일부러 들으라는 듯 그렇게 내뱉었어요. 정애 씨도 참지 못하고 욕을 하면서 경비에게 달려들었어요.

"이 개새끼들아! 우리한테 어떻게 이럴 수가 있어!"

"이 미친년이 진짜!"

경비가 정애 씨의 머리를 움켜쥐더니 질질 끌고 갔어요. 그걸 보고 노무사님이 소리를 지르며 달려와 경비의 등에 매달렸어요. 다른 경비들이 달려와서 노무사님을 끌어내렸어요. 두 사람은 경비들에게 둘러싸여 저만치 떠밀려갔어요.

"회장 나와!"

나는 너무 화가 나서 소리를 지르며 건물 안으로 뛰어들었어요. 그런데 누군가가 다가와 내 허리를 잡았어요. 그러고는 힘껏 잡아당기는 바람에 엉덩방아를 찧고 말았어요. 아픔을 느낄 새도 없이 다시 일어섰다가 나를 붙잡은 경비를 봤습니다. 그리고 내 눈을 의심했어요. 가출해서 연락이 끊긴 내 아들, 윤석이가 눈앞에 있었어요. 윤석이도 깜짝 놀라 우두커니 서서 나를 바라보았어요.

"아니, 왜 네가……."

그때였어요. 노무사님을 끌어내던 경비 하나가 윤석이에게 버럭 소리를 질렀어요.

"뭐해, 새끼야? 그 아저씨 끌어내지 않고!"

주춤하는 윤석이의 등을 누군가가 떠밀었어요. 그 바람에 우리 부자는 서로 마주 보았습니다. 나는 너무 화가 나서 윤석이의 머리를 쥐어박았어요.

"너, 너……. 이 머저리 같은 놈! 여기서, 대체 뭐하는 거야!"

"아이 씨, 왜 때리는데!"

윤석이도 눈을 부릅뜨며 소리를 질렀어요.

"니가 정신이 있는 거니 없는 거니? 집 나가서 있는 데가 겨우 여기야? 너희 누나를 죽게 만든 게 진성이라는 거 잊었니? 어떻게 네가 여기에……."

"그럼 어떡해? 나도 먹고살아야지!"

나는 다시 아들의 머리를 쥐어박았습니다. 그러고는 멱살을 잡고 밖으로 끌어냈어요.

"이리 와. 당장 집으로 가."

"안 가! 못 가! 속초엔 일자리 없어! 아니면, 아빠처럼 평생 택시기사나 할까?"

윤석이가 내 손을 뿌리치며 소리를 질렀어요.

"이 노무 자슥을 그냥!"

나는 다시 손을 번쩍 쳐들었어요. 윤석이도 고래고래 소리를 질렀습니다.

"여기서 소리 지르고 데모하고 그러면 마음 풀려? 그런다고 누나가 살아 돌아와? 엄마는? 나는 뭐냐고!"

윤석이가 악을 쓰며 고함을 지르자 주변 사람들이 드잡이를 멈추고 우리를 쳐다봤어요. 노무사님도, 경비들도, 호창이도, 모두들 다 우리 부자를 쳐다보았습니다.

"너, 이놈의 자식! 네가 어떻게 그런 소리를 해! 어떻게! 진성이 어떤 곳인데, 니 누나가 어떻게 눈을 감았는데!"

나는 윤석이의 멱살을 잡았어요.

"때려봐! 응? 때려! 때려!"

"이 자슥이 정말!"

"누나 공장에 보내지 않았으면 됐잖아! 진작 대학 보냈으면 됐잖아?"

"조용히 해……."

윤석이가 내 손을 뿌리치더니 모두가 들으라는 듯 고함을 질렀습니다.

"이제 좀 솔직해집시다 우리! 누가 누나를 죽인 건데? 누나는 아빠가 죽인 거나 마찬가지야!"

가슴이 탁 막혔습니다. 윤석이에게 이런 말을 들을 줄은 미처 몰랐어요. 기운이 빠져서 더는 소리칠 수도 없었어요. 아들을 볼 마음도 사라졌어요. 그래서 맥없이 돌아섰습니다. 주춤주춤 사람들이 나를 보더니 물러섰어요. 머릿속이 새하얘져서 아무것도 생각나지 않았어요. 비틀비틀 힘겹게 걸음을 옮겼어요. 윤석이가 내뱉은 말이 자꾸만 귓가에 맴돌았어요. 내가, 내 딸 윤미를 죽인 거나 마찬가지라니.

저만치에 윤미의 영정 사진이 떨어져 있었어요. 사람들의
발에 밟혀 깨지고 더럽혀진 윤미의 사진을 보니 눈물이 났습
니다. 나는 비틀거리며 다가가 영정을 주워 가슴에 꼭 안고
다시 걸음을 옮겼어요.
천천히, 천천히.

난주의 이야기

　주연이의 추모제를 지내고 며칠 뒤, 우리는 사무실에서 다시 만났다. 공단에 산재보험을 신청한 결과가 있는 날이었기 때문이다. 그리고 몇 분 전에 복지공단에서 보낸 통보서가 내 손에 쥐어져 있었다.

　다들 긴장과 기대가 교차하는 표정들이다. 나는 천천히 봉투를 열고 통보서를 꺼내 읽었다.

　"귀하의 최초 요양급여 신청에 대하여 불승인함을 알려드리며……."

　여기저기서 한숨이 들렸다. 나는 입술을 깨물고 통보서를 계속 읽었다.

　"만약 이 결정에 이의가 있을 경우 행정소송을 제기할 수 있음을 알려드립니다."

　결국 우리의 요청은 받아들여지지 않았다. 실패였다.

"역시 안 되는 거였어."

옥연 씨가 허탈하다는 듯 어깨를 늘어뜨렸다.

"혹시나 해봤는데⋯⋯."

호창 씨도 맥없이 중얼거렸다. 누구보다 실망이 커보였다.

"다른 방법은 없나요?"

정애 씨가 물었다.

"아직 희망은 있어요."

나는 이걸 묻기를 기다리고 있었다. 사람들에게 통보서를 가리키며 우리에게 남은 희망이 무엇인지 알려주었다.

"여길 보시면 의의가 있을 시에 행정소송을 하라고 있죠?"

"그게 뭔데요?"

이번에는 옥연 씨가 물었다.

"공단은 국가 기관이에요. 국가가 잘못 판단을 했으니까. 법원에 시정해달라고 요청하는 재판이죠."

나는 차분하게 행정소송에 대해 설명했다.

"산재도 안 되었는데, 재판을 어떻게 이겨요?"

정애 씨가 부정적으로 말했다.

"치료비도 빚내서 겨우 충당했는데. 그럼 변호사 비용은 요? 어떻게 대죠? 상구 형님은 어디 계셔요?"

호창 씨가 물었다.

"아직, 연락이 안 돼요."

나는 고개를 가로저었다. 추모제에서 아들과 마주치고 갑자기 사라진 뒤로 아직까지 연락이 없었다.

"윤미 아버님이 하시면 저도 생각해 보겠는데……."

정애 씨가 말끝을 흐렸다.

"그래요. 형님 돌아오면 결정합시다."

호창 씨도 동의했다.

"글쎄, 내 생각에는 그만두실 것 같아. 그 망신을 당하고. 쯧쯧, 전화도 안 받으시던데. 에이그, 불쌍해라."

옥연 씨는 지난번 일을 언급하며 고개를 흔들었다.

"그럼 어쩌죠, 노무사님?"

다들 나를 쳐다보았다. 나는 짧게 한숨을 내쉬었다. 아무래도 속초에 다녀와야 할 것 같았다.

나는 사람들의 기대를 안고 곧바로 속초로 내려왔다. 생각해보니 지난번 방문 때도 윤미네 집엔 가보지 못했다. 무작정 속초로 오고 나서야 그 사실을 깨달았다. 주소지가 적힌 메모만 보고 집을 찾는 게 여간 어려운 일이 아니었다. 사람들에게 물어물어 간신히 찾았을 때는 이미 날이 저문 후였다.

지붕은 한 귀퉁이가 망가지고, 마당도 엉망이고, 생각 외로 너무 살풍경이라 선뜻 안으로 들어가기가 망설여졌다.

그래도 여기까지 와놓고 그냥 돌아가기가 그래서 조심스레

문을 열고 마당으로 들어갔다. 집에 아무도 없나 싶었는데 집 안에서 희미하게 무슨 소리가 들렸다. 조용히 다가가 문틈으로 안을 들여다보았다.

마룻바닥에 어지럽게 흐트러진 소주병들이 보였다. 쓰레기들도 잔뜩 널려있었고, 그 한가운데 상구 아저씨가 대자로 누워서 미친 듯이 노래를 부르고 있었다. 음정박자를 무시해가며 목이 터져라 노래를 불렀다. 가사가 익숙하다 싶어서 가만히 귀를 기울여보니 산울림의 회상이라는 노래였다.

나는 안으로 들어가려다가 생각을 고치고 가져갔던 소송서류를 문틈에 끼워 넣고 조용히 돌아섰다. 마당으로 다시 돌아 나올 때까지 갈라진 목소리로 부르는 노래가 계속해서 들렸다. 나는 대문 앞에 서서 한동안 물끄러미 집을 바라보다가 막차를 놓치기 전에 서둘러 터미널로 향했다.

어차피 결정은 내 몫이 아니었다. 나는 기다릴 수밖에 없었다. 그러다가 만약 본인의 의지로 포기한다면 그것도 존중해줄 생각이다. 이 싸움은 내가 하는 게 아니라 한 상구 씨나 다른 피해자들이 하는 것이니까.

그렇게 늦지 않게 막차를 타고 서울로 돌아온 나는 한동안 한 상구 씨에게 연락을 하지 않았다. 한 상구 씨도 내게 연락을 하지 않는 건 마찬가지였다. 아마도 너무 지쳐서 그런 거라고 생각했다. 이대로 포기한다고 해도 내가 뭐라고 할 수

있는 문제는 아니었다. 아직도 나에겐 책임져야 할 의뢰인들
이 남아있었다.

한동안 내 나름대로 정신없이 보내던 어느 날이었다.

나는 소송에 대비해서 고 기자와 함께 제보자들을 찾고 있
었다. 성과는 나쁘지 않았다. 그동안 열심히 뛰어다닌 덕에
제보자들은 점점 늘어나더니, 나중에는 화이트보드의 여백이
없을 정도로 불어났다.

"제보자 수가 점점 늘어나."

나는 화이트보드를 보며 중얼거렸다.

"주로 백혈병인가?"

고 기자가 물었다.

"아니. 종격동염, 다발성 경화증, 뇌종양, 육아종, 루게릭.
완전 희귀병 퍼레이드야. 국정조사도 아무짝에 쓸모없고. 그
나저나 변호사 좀 알아봤어?"

내가 묻자 고 기자는 고개를 가로저었다.

"진성이라니까 다들 됐고래. 선배 쪽은?"

법조계의 인맥은 나보다 고 기자가 훨씬 넓었다. 그런 고
기자가 못 구하는 마당에 나라고 뾰족한 수가 있는 건 아니었
다. 나는 힘없이 고개를 흔들었다.

"당연하지. 수임료도 뻔하고 질 것도 뻔하니까. 참, 윤미 씨

아버님은? 연락 돼?”

나는 입을 다물었다.

그때 고 기자의 휴대폰으로 어떤 문자가 도착했다. 액정을 확인하더니 고 기자가 콧방귀를 뀌었다.

“완전 어이상실이네.”

“왜?”

내가 묻자, 고 기자는 가방에서 노트북을 꺼내 뉴스 영상을 보여주었다. 화면 속 앵커는 담담한 목소리로 뉴스를 전하고 있었다.

“배임과 조세포탈 혐의로 징역 5년을 선고 받았던 진성 그룹 회장이 내일자로 특별 사면됩니다. 정부는 올림픽 유치 등 국익을 최우선으로 고려했다고 밝혔습니다.”

고 기자가 왜 그렇게 어이없어했는지 이유를 알았다. 진성 그룹 회장이 특별 사면을 받았다는 뉴스였다.

“이게 말이 돼?”

내가 너무 황당해서 고 기자에게 물었다.

“단독사면이라, 합법적 탈옥이구면.”

고 기자는 쓰게 웃으며 중얼거렸다. 그때였다.

“유 난주 씨?”

인기척도 없이, 짧은 머리에 인상이 험한 남자 두 명이 사무실로 들어왔다.

"누구시죠?"

남자 한 명이 신분증 보여주었다. 경찰이었다.

"집시법 위반으로 체포합니다."

나는 어이없다는 표정으로 형사들을 쳐다보았다. 어제 경찰에서 연락을 받았고, 이미 유선으로 끝난 이야기였다. 그런데 이렇게 찾아와서 체포라니. 그것도 공교롭게 진성 그룹 회장이 특별 사면을 받은 날에. 이것도 우연이라면 참 거지같은 우연이다. 어떻게 타이밍이 이리도 절묘할 수가 있지.

"내일 자진 출두한다고 했잖아요?"

나는 따지듯이 물었다.

"조용히 가십시다."

다른 형사가 수갑을 꺼내며 은근히 협박했다. 결국 나는 '긴급체포' 되어 형사들과 경찰서로 가야했다.

유치장으로 들어서자, 남자 유치장에서 야비한 농담들이 날아왔다. 하나같이 들어주기 힘든 질 떨어지는 농담들이었다. '쟤 끝내주네.' '오우 섹시걸!', 기타 등등. 일일이 반응하는 것도 우스워서 그냥 가운데손가락을 세워보였다.

하지만 막상 유치장에 갇히니 뭔가 억울한 기분이 들었다. 내가 왜 여기에 있어야 하는지 아무리 생각해봐도 이해할 수가 없었다. 누구는 천문학적인 금액을 탈세해도 돈이 많다는 이유로 사면을 받고, 누구는 단지 죽은 사람을 기리는 추모

행렬을 했을 뿐인데, 이렇게 유치장에 갇혀있어야 하다니. 형평성을 따져도 너무한 처사였다.

그래서 지금 내가 할 수 있는 것을 했다. 어쩌겠는가. 남아 있는 건 힘밖에 없는데. 나는 창살을 붙잡고 고래고래 소리를 질러댔다.

"우리가 차도를 점거한 것도 아니고, 확성기를 쓴 것도 아니고, 단지 추모 행진을 한 것뿐이잖아! 무슨 행인들 통행을 방해해? 이런 게 법이야? 재벌 회장은 풀어주고! 너무하잖아. 우리가 차도를 점거한 것도 아니고, 확성기를 쓴 것도 아니고……."

정임의 이야기

한동안 언니네서 지내면서 기운을 찾고 나니 다시 집에 가고 싶어졌습니다. 내일이 윤미의 생일이기도 하고, 또 남편도 걱정되고 해서. 그래서 다시 짐을 들고 집으로 들어갔어요. 오랜만이라 그런지 집이 너무 낯설게 느껴졌어요. 아무도 없어서 그런지도 모르지만.

문을 열고 들어가니 정말 난장판이 따로 없었어요. 빨랫감은 여기저기에 널브러져 있고, 싱크대에는 설거지를 안 해서 곰팡이 핀 그릇과 접시들이 기득했어요. 매일 밥은 안 해먹고 라면만 끓여먹었는지 라면 봉지들이 사방에 있었어요. 정말 엉망이었어요. 윤석이는 여전히 집에 돌아오지 않은 것 같고.

윤미의 방으로 들어갔어요.

책상에 놓인 가족사진이 눈에 띄었어요. 아마 윤미가 어릴 때 찍은 사진일 거예요. 남편이 환하게 웃는 윤미를 안고 있고, 윤석이 뒤에서 남편의 목을 끌어안고 있었어요. 저는 남편 옆에 서서 웃고 있었고. 우리에게도 이런 날이 있었구나 싶었어요. 이제는 다시 이런 날이 오지 않을 거란 생각이 들자 갑자기 우울해졌어요. 이러려고 돌아온 게 아닌데 말이에요.

여행 가방을 가져와 윤미가 남긴 유품들을 하나하나 챙겼어요. 계속 이렇게 방치해두면 윤미가 너무 보고 싶어져서 힘들 것 같았습니다. 그래서 당분간 어딘가에 치워두기로 했어요. 적어도 마음을 추스를 때까지라도.

그러다가 우연히 책상 서랍에서 윤미의 일기장을 발견했어요. 그때까지 몰랐습니다. 윤미가 일기를 쓰고 있는 줄은.

나는 망설이다가 조심스럽게 일기장을 열었어요. 하필이면 열린 첫 페이지가 '그날'의 일기였어요. 병원에서 검사를 받고 그 결과가 나오던 날, 윤미가 그 몹쓸 병에 걸렸다는 사실을 우리 가족이 알게 되었던 '그날'의 일기였어요.

2005년 6월 23일.
평생 잊지 못하는 날이다.
병원에서 받은 검사 결과가 나왔다.
엄마랑 아빠가 어두운 얼굴로 나를 쳐다보며 한동안 말을 하지 않았다.

답답해서 물었더니 백혈병이란다.

아빠가 말했다.

고칠 수 있다고. 집수리하려고 모아둔 돈도 있고. 내가 마
음만 굳게 먹으면 반드시 고칠 수 있다고.

하지만 아빠가 하는 말이 귀에 들어오지 않았다.

나는 집을 나갔다. 제방으로 달려가 울고 또 울었다.

왜 하필 나한테 이런 병이 왔을까?

2005년 11월 8일.

윤석이는 내가 아픈 게 싫은가 보다.

앞으로는 윤석이 안 들리게 조심해야겠다.

빨리 몸이 나아 회사로 복귀해야 하는데.

윤석이 대학 갈 돈은 내가 대기로 약속했는데…….

이렇게 아파서 가족들에게 너무 미안하다.

오후에 회사에서 사람이 찾아왔다.

사원들이 모은 성금이라며 돈을 주고 갔다.

그리고 나는 그 사람에게 사표를 써주었다.

이게 성금인가?

아니면 내가 사표를 써준 대가인가.

나도 잘 모르겠다.

2006년 11월 14일

예전의 그 회사 사람이 찾아왔다.

아무 말도 못하는 아빠가 너무 불쌍해 보였다.

그 사람은 병이 내 탓이라고 했다.

나도 모르게 욕이 나왔다.

너무 속상하다.

이게 다 내가 아프기 때문이다.

내가 아프지만 않았더라면

아빠도, 나도 이런 수모를 당하지 않았을 텐데.

그냥 이대로 죽어버리면 아빠는 편해질까.

2007. 자꾸 날짜 감각이 사라진다.

오늘은 아빠가 노무사 언니를 데려왔다.

언니에게 이런저런 이야기를 해주고 아빠를 도와달라고 부탁했다.

처음이었다. 누군가 내 이야기를 들어준 것은.

그래서 너무 고마웠다.

그런데 밖에서 엄마와 아빠가 다투는 소리가 들렸다.

엄마는 아빠에게 회사로 찾아가 돈을 받아오라고 했다.

내 목숨 값이란다.

그래, 이왕 죽을 거.
엄마한테 보탬이 되는 게 좋을 수도 있겠다는 생각이 든다.
내 목숨 값은 얼마나 할까?

거기까지 읽었을 때 숨이 탁 막혔습니다. 그날은 저도 똑똑하게 기억합니다. 윤미가 병원비 때문에 더는 입원할 수가 없어서 병원에서 쫓겨나듯이 퇴원한 날이었어요. 그리고 그날, 남편이 노무사라는 아가씨를 데려와서 윤미와 이야기를 나누게 했어요. 그때 나는 남편에게 다 허튼짓이니까 그만두라고 했었어요. 그냥 회사로 가서 돈이나 받아오라고, 그걸로 윤미의 병이나 고치자고. 그런데 그걸 윤미가 들었을 거라는 생각은 미처 하지 못했어요. 더욱이 윤미가 이런 생각을 하고 있을 줄이야……

떨리는 손으로 일기장의 마지막장을 펼쳤어요. 읽는 내내 몹시 괴롭고 마음이 아팠지만 윤미가 마지막 순간에 어떤 생각을 하고 있었는지 알고 싶었어요. 혹시 우리에게 뭔가 남기고 싶은 말은 없었는지.

오늘이 며칠인지, 자꾸 정신을 잃는다.

더 이상 일기를 못 쓸 것 같다.

다시 태어난다면……. 무얼 할까 그런 생각 많이 했었는데…….

이제 결정했다.

엄마, 아빠의 어머니로 태어나고 싶다.

다음 생에 엄마 아빠의 어머니로 태어나서 무조건 보답하면서 살고 싶다.

윤미의 일기는 그렇게 끝을 맺었어요.

왈칵 눈물이 쏟아졌어요. 다시는 울지 않으려고 했는데 참을 수가 없었어요. 너무 미안해서, 우리 윤미에게 너무 미안해서 펑펑 울었어요. 이렇게 기특한 생각을 하는 착한 딸인데, 이제는 다시 볼 수 없다는 생각에 가슴이 무너지는 것 같았어요.

난 참 못난 엄마인가 봅니다.

이렇게 지나서야 내 딸의 마음을 헤아리다니. 왜 그때는 몰랐었는지.

내가 너무 바보 같고, 또 윤미에게 미안해서 자꾸만 눈물이 났어요.

그리고 너무 보고 싶었어요.

우리 딸, 사랑하는 우리 윤미.

이제 거기서는 아프지 않은 거지? 그런 거지? 거기에서도 아프면 엄마는 정말…….

미안하구나, 정말 미안해.

보고 싶다.

사랑해, 윤미야.

문득 정신을 차리니 날이 밝아있었어요.

정신을 차리고 나서 세수를 하고 집안 청소를 했어요. 밀린 빨래를 세탁기에 돌리고, 설거지들도 하고. 그리고 모처럼 아침밥을 지었습니다. 미역국도 끓였어요. 밥상을 차리고 있는데 밖에서 인기척이 들렸어요.

남편이 문을 열고 들어왔어요. 면도를 안 하고 옷도 엉망으로 구겨진 게 정말 몰골이 말이 아니었어요. 남편이 나를 보더니 귀신이라도 본 사람처럼 놀란 얼굴로 우두커니 현관문 앞에 서 있었어요.

"색시라도 생겼어? 이제 막 외박 하고 그러는 거야?"

내가 묻자, 남편은 정색하며 말했어요.

"무, 무슨 천벌 받을 소리나? 야간 장거리 뛰고 온 건데?"

남편은 이런 사람입니다. 농담이 뭔지도 모르고, 정말로 재미가 없는 남자.

"뭐해. 빨리 손 씻고 앉아. 아침상 차리고 있잖아."

남편이 머뭇거리다가 손을 씻고 와서 밥상에 앉았습니다. 나도 남편과 마주 앉았어요. 남편은 내 눈치를 보느라 수저를 들지 못했어요. 그래서 내가 남편의 손에 수저를 쥐어주었어요. 남편은 내 얼굴을 쳐다보다가 윤미가 늘 먹던 자리에 놓인 밥과 멍게를 듬뿍 넣어 끓인 미역국을 바라보았어요.

"오늘이 윤미 생일이야."

내가 말하자 남편은 고개를 끄덕였어요. 남편도 기억하고 있었던 모양이에요. 하기야 남편이 윤미의 생일을 잊을 리가 없죠.

"알고 있어."

"안 먹어?"

"응? 먹어야지. 먹고말고."

남편이 미여국에 밥을 말아서 후루룩 떠먹었습니다. 꼭 사흘은 굶은 사람처럼 정말 맛있게 먹었어요. 나는 남편이 밥 먹는 모습을 물끄러미 바라보며 물었어요.

"서울 언제 가?"

남편이 멈칫하더니 나를 쳐다보았어요. 아마도 갑작스러웠나 봅니다.

"갑자기 왜서?"

"사람들이 그러는데 당신 또라이래. 진짜 그런 거 같아."

내 말에 남편은 사래라도 들렸는지 기침을 했습니다. 나는 남편에게 물을 따라 건네며 조용히 말했어요.

"근데 또라이 아니면 그 사람들이랑 못 싸울 것 같아."

"여보……."

"윤미처럼 아픈 아들이 몇 명인데?"

내가 물었어요.

"모르지. 아마 더 늘어나 있을 거래."

남편이 말했어요.

"당신이라도 가서 싸워. 우리같이 애들 먼저 보내는 부모, 더 이상 안 생기게."

"여보."

"왜?"

고개를 들고 쳐다보니 남편이 씩 웃었어요. 오랜만에 보는 남편의 미소였습니다.

"당신 참 예뻐."

"싱겁기는."

그리고 나도 따라서 웃었습니다.

'얼레리꼴레리 엄마, 아빠는 좋아한대요, 좋아한대요.'

문득 옆에서 웃음소리가 들려 고개를 돌리니 윤미가 우리를 보면서 웃고 있는 듯 했어요.

난주의 이야기

유치장에 들어온 지도 사흘쯤 지난 것 같다. 나는 그때까지도 밤낮없이 쉬지 않고 소리를 질러댔다.

"이런 게 법이야? 억울함 호소하는 시민들은 처넣고! 징역 5년 받은 재벌 회장은 풀어주고!"

벽 너머 남자 유치장에서 항의가 들어왔지만 딱히 할 것도 없어서 계속 소리를 질렀다.

"야! 잠 좀 자자 제발~ 사흘째야!"

"아, 독해도 뭐 저런 독한 게 다 있어?"

처음에는 욕설도 있었고, 겁주려는 사람도 있었다. 하지만 나는 아랑곳하지 않았다.

"우리가 차도를 점거한 것도 아니고……."

어떤 사람은 내게 애원하기도 했다.

"우리가 잘못했어! 이제 그만해."

그리고 마침내 유치장에서 풀려나게 되었을 때는 너무 소리를 지른 탓인지 기운을 모두 쏟아서 다리가 휘청거렸다.

경찰관을 따라 유치장을 나서는데 누군가 나를 불렀다.

"저기요."

고개를 돌리니 유치장의 다른 남자들과는 분위기가 다른 남자가 싱글싱글 웃고 있었다. 간편한 추리닝 차림이었는데 묘하게 인텔리 느낌이 나는 사람이었다.

"집시법?"

"뭐예요?"

내가 물었다. 그러자 그가 창살 사이로 손을 내밀며 악수를 청했다. 넉살이 좋은 건지, 아니면 얼굴이 두꺼운 건지.

"난 폭력입니다. 술 취해서 애인 때리는 놈 손을 좀 봐줬는데 합의를 보라나? 말도 안 되죠. 반갑습니다."

뭘 어쩌라는 건가 싶어서 가만히 쳐다만 보았다.

"법이란 게 원래 그래요. 약자들이 법을 만들었겠어요? 강자들이 자기들 보호하려고 만든 거지."

"어쩌라고……."

"그래서 저희 같은 사람들이 있는 거죠."

그러더니 그가 이번에는 창살 사이로 명함을 건넸다. 잠시 망설이다가 명함을 보고 깜짝 놀라 그를 다시 쳐다보았다.

"변호사?"

남자가 싱긋 웃었다.

"연락 주세요. 저도 내일이면 나갑니다."

나는 가볍게 웃으면서 손을 흔들어주고는 유치장을 빠져나왔다. 재미있는 사람이라는 생각이 들었다. 보기 드문 유형. 뭐 정확한 평가는 보류.

오랜만에 맡는 바깥 공기는 무척 상쾌했다.

소지품을 돌려받고 경찰서를 나서는데 정문에서 낯익은 얼굴이 나를 기다리고 있었다. 손에는 커다란 비닐봉투를 들고서.

"진성 그룹 회장이 젤 무서워하는 사람 맞네. 그죠?"

한 상구 씨였다.

"네?"

나는 무슨 소리냐며 되물었다.

"그러니까 이렇게 가둬놨지."

"칫. 여태 연락 한번 없더니."

내가 눈을 흘기니 봉투를 열어 김이 모락모락 올라오는 두부를 꺼내보였다. 갑자기 두부를 보자 시장기가 돌았다.

"진짜 배고팠는데!"

두부를 먹으려고 손을 뻗었더니 한 상구 씨가 잽싸게 피하며 자기가 두부를 베어 물었다.

"이건 내 거에요. 미리 먹어 놓으려고요. 나도 언제 잡혀갈지 모르니까."

"뭐예요? 내놔요! 치사하게 혼자 먹어?"

내가 두부를 뺏으려고 하자, 한 상구 씨는 어린애처럼 뒤로 감추며 물러섰다. 나는 포기하지 않고 두부를 노렸다.

한 상구 씨가 웃으면서 도망쳤다. 나는 놓치지 않으려고 그를 쫓아갔다. 지나가는 사람들이 우리를 보더니 이상하다는 눈초리로 쳐다보았다. 아무렴 어떤가. 역전의 용사들이 이렇게 다시 뭉쳤는데.

또 속초 땅을 밟았다.

지난번이 마지막이라고 여겼는데 결국 다시 오고 말았다. 이번에도 역시 한 상구, 그 작자 때문이다.

겁도 없이 행정소송을 준비한다고 한다. 우리 회사를 상대로 직접적인 소송을 하는 건 아니지만 직간접적인 연관이 있고 사실상 세상 사람들은 공단이 아닌 진성 반도체와 속초의 택시기사가 벌이는 재판이라고 여길 게 분명했다. 윗분들도 그걸 알고 조용하고 신속하면서도 깔끔한 마무리를 요구했다.

최근에 회장님의 특별 사면 이후로 여론의 눈치를 보고 있는 분위기라서 예전처럼 거친 방법은 가급적 자제하라는 당부도 있었다. 그래서 늘 데리고 다니던 사냥개도 서울에 두고 왔다. 무슨 까닭인지 모르지만 이곳을 방문할 때마다 아주 조금씩 회사에서의 내 입지도 줄어든다는 느낌이 들었다.

설마, 내가 이 촌구석의 택시기사를 의식하고 있는 건가. 그런 말도 안 되는 일이. 나는 엉뚱한 생각이라고 일축하며 목캔디를 털어 넣었다. 그러고는 마음을 가다듬고 공항 건물을 빠져나왔다.

저쪽의 택시 승강장을 보니 우리 한 상구 씨가 손님을 태우려고 대기 중이었다. 무슨 기사를 읽는지 신문을 열심히 보느라 내가 다가가도 모르는 것 같았다. 나는 조용히 뒷문을 열고 택시에 올라탔다.

"어서 오세요. 어디로 모실까요?"

그가 습관처럼 차를 출발시키며 행선지를 물었다.

"바닷가 경치 좋은 데로 갑시다. 회나 한 접시 하게."

그때서야 내 목소리를 듣고 한 상구 씨가 룸미러로 나를 확인했다.

"참 좋네요. 아들 놈 데리고 함 와야겠어요. 아버님이 운전해주실래요?"

나는 웃으면서 말했다.

그런데 갑자기 한 상구가 거칠게 브레이크를 밟으며 택시를 세웠다. 미처 안전벨트를 매고 있지 않아서 하마터면 코가 깨질 뻔했지만 오늘은 거친 방법이 아니라 부드러운 방법을 써야 하기에 표정관리를 했다.

"내리쇼."

한 상구가 내뱉듯이 말했다.

"삼억 오천 드리겠습니다."

나는 웃으면서 말했다.

"뭐?"

한 상구의 눈동자가 흔들렸다. 그럼, 그렇지. 이런 거액이면 아무리 고집불통이라도 귀가 솔깃할 거야.

"다시 가장 노릇하실 기휩니다. 아드님은 저희가 좋은 데 취직시켜 드렸잖아요? 사모님 모셔 오려면 집도 새로 지어야 할 테고……."

고민을 하는지 아무 말도 없었다.

"……."

한참 만에 한 상구가 뒤를 돌아보더니 무표정한 얼굴로 내게 주먹을 내밀었다. 검지와 중지 사이에 엄지손가락이 끼어 있었다.

나는 최대한 표정관리를 하며 그를 쳐다보았다. 여기서 흥분하면 지는 거나 다름없다. 침착하자, 침착해.

"손님, 승차 거부합니다. 28년 만에 첨이에요. 억울하면 신고하세요."

한 상구가 다시 돌아앉으며 룸미러로 나를 쳐다보았다. 고집불통도 이런 고집불통이 없다. 이런 거액도 마다하다니. 나로서는 이해가 가지 않았다.

"하아, 정말 이해가 안 되네요. 이런다고 따님이 살아 돌아
옵니까?"

순간 한 상구가 눈을 부릅뜨더니 버럭 소리를 질렀다. 너무
갑작스러워서 나도 모르게 움찔했다.

"야! 일어나라고! 거기 앉지 말란 말이야. 제발! 니 궁둥짝
당장 거기서 떼! 우리 윤미가, 윤미가 죽은 데가 바로 거기야!
그 자리! 지금 당신이 앉아있는 자리라고! 그러니까 빨리 내
려! 당장!"

나는 당황한 나머지 허둥지둥 문을 열고 밖으로 나왔다. 그
러자 기다렸다는 듯이 택시가 출발했다. 나는 멍하니 서서 빠
르게 멀어져가는 택시를 바라만 보았다.

지금 이 기분을 뭐라고 표현해야 할지 모르겠다.

정혁의 이야기

나한테는 심각한 병이 있다. 일종의 강박증이라고도 할 수 있는데. 한마디로 한다면 '오지랖'이라고 하겠다. 별로 득이 될 일도 아닌데 한번 흥미가 생기면 꼭 참견하고 봐야 직성이 풀렸다. 물론 아무에게나 그렇진 않다. 이것도 다른 의미의 강박증일지도 모르는데 서로 밸런스가 맞지 않는 대전을 보면, 이상하게 상대적으로 약한 쪽에 붙고 싶어진다. 이건 정의감이라기보다는 그냥 천성인 것 같다.

그래서 또 병이 도지고 말았다. 유치장에서 우연히 마주친 노무사 아가씨 때문에. 하지만 어쩔 수 없다. 천성이라는 게 쉽게 바뀌지 않는 거니까.

나는 경찰서를 나오자마자 노무사 아가씨에게 연락을 했다. 그리고 우리는 몇 마디 대화를 나누고 나서 그녀의 사무실에서 바로 미팅을 가졌다. 맞선 자리도 아니고 피차간에 소개는 지난번에 했으니 생략. 바로 본론으로 들어갔다.

"진성 정도 되는 큰 회사가 산재를 인정하지 않는 이유가 뭡니까?"

내가 물었다. 이야기를 듣고 나서 가장 궁금했던 점이기도 했다.

"솔직히 저도 잘 모르겠어요."

애매한 대답이 돌아왔다.

"모른다고요?"

내가 되물었다.

"추측해 보면, 진성은 지금껏 최고의 안전사업장으로 인정받아 왔어요. 산재 보험료율이 7퍼센트로 최저에요. 학교선생님도 8퍼센트인데 말이죠."

이제 뭔가 조금씩 이해가 가기 시작했다.

"그러니까 반도체 공장이 학교보다 안전한 사업장이다? 보험료 몇 백억을 아끼려고?"

난주가 고개를 흔들었다.

"아마 몇 천억일걸요? 더 문제는 공단이죠. 지난 해 1조 원 가까이 영업이익을 냈어요. 산재 인정을 안 하니까 돈이 쌓이는 거예요."

"덕분에 국민들은 반도체 산업이 클린 한 걸로 알고 있고."

내가 말했다.

"절대 그렇지 않아요. 미국 실리콘 밸리에서도 수많은 노동자들이 병에 걸렸죠. 그래서 80년대에 한국, 대만 쪽으로 기술이전을 한 거고."

난주가 강하게 부정했다.

"흠."

생각 외로 공부할 게 많아보였다. 괜히 오지랖을 부렸나 싶을 정도로.

"그러면 혹시 대만에서도 환자가?"

내가 묻자 난주는 그렇다며 고개를 끄덕였다.

"물론이죠. 후진국으로의 기술 이전에는 주된 이유가 두 가지 있어요. 자국에서 인건비를 감당하지 못하던지……."

"엄청난 공해 산업이던지?"

"이야, 이제 변호사처럼 보이네요?"

난주가 감탄했다는 듯이 나를 쳐다보았다. 나는 어깨를 으쓱해보였다.

"이래 봬도 노동법 전문 판사였습니다."

그때 문이 열리며 초로의 남자가 들어왔다. 우리의 실질적인 의뢰인인 한 상구 씨였다. 얼굴을 보는 순간 누군지 알아차렸다. 이미 신문이나 언론을 통해 얼굴을 익히기도 했지만.

"변호사님? 잘 부탁드리겠습니다."

그도 나를 알아보더니 고개를 끄덕였다. 너무 정중한 인사라서 나도 모르게 자리에서 벌떡 일어나 고개를 숙였다.

"아직 입니다. 혼자 결정할 문제가 아닙니다. 회사 쪽에서 반대하면……."

갑자기 두 사람이 눈빛을 교환하더니 야릇한 미소를 지었다. 그러고는 난주가 나를 쳐다보며 물었다.

"소주 좋아하세요?"

"즐깁니다."

나는 솔직하게 대답했다.

"안주로 멍게 어때요?"

"멍게요?"

무슨 말인가 싶어서 쳐다보자, 두 사람은 의미심장한 미소를 지어보였다. 아무래도 내가 모르는 뭔가 있는 모양이다.

그 순간, 나는 직감했다. 호기심이든, 내 오지랖으로 시작했든, 결국 나는 이 싸움에 끼어들 것이라는 예감. 그리고 결과가 어떻게 끝나든 적어도 나중에 가서 후회하지 않을 것 같다는 예감. 꽤 재미있고 보람이 있을 것 같았다.

분명히.

내가 그랬던가. 이 재판을 맡게 되면 공부할 게 많을 거 같다고. 그랬던 것 같다. 진짜 많았다. 그냥 많은 게 아니다. 당장 내 눈앞에 자료가 산더미처럼 쌓여있었다. 벽에도, 화이트

보드에도 각종 자료가 덕지덕지 붙어있었다. 하지만 그 중에서도 내 시선을 끄는 것은 사망자와 투병자의 수를 알려주는 그래프들이었다. 조금씩 지칠 때마다 그 그래프를 보면 나도 모르는 투지 같은 것이 샘솟았다.

"제출 자료로는 결판이 안 날 것 같은데, 아무래도 증인이 승패를 가를 것 같아요."

나는 경험을 토대로 내 견해를 밝혔다.

"홈페이지에 익명 제보를 올린 사람들이 있어요. 접촉은 하고 있는데, 다들 나서기를 꺼려해서……."

난주가 자신 없다는 목소리로 말했다.

"빠른 시일 내에 찾아야 합니다."

나는 다시 증인의 중요성을 주지시켰다. 그때, 난주의 휴대폰이 울렸다.

"여보세요?"

"즈, 증인 찾고 계시죠?"

희미하지만 내 귀에도 똑똑히 들렸다. 다소 어눌한 말투의 남자 목소리였다. 그리고 증인이라는 말도 분명히 들렸다.

"예?"

난주가 나를 쳐다보았다.

"수, 수원 병원 중환자실 403호에 김 교익 씨가 입원해 있어요."

그러고는 전화가 끊겼다.

"증인이 있다는데요?"

"증인이요? 그게 누구죠?"

난주가 자기도 모르겠다는 듯 고개를 흔들었다. 지금까지 제보한 사람들과는 아무런 연관이 없는 인물인 모양이었다.

"모르겠어요, 저도. 처음 듣는 이름이라."

"그럼 일단 만나보도록 하죠."

"같이 가시겠어요?"

난주가 물었다.

"아뇨, 저보다는 한 상구 씨랑 가는 게 좋을 듯합니다. 어쩌면 연민이나 동정표라도 얻을 수 있고."

"그럴까요?"

"적어도 변호사가 방문하는 것보단 나을 거예요. 의외로 우리는 환영받지 못하는 직업이거든요."

"그렇군요. 알겠어요."

난주가 웃으면서 고개를 끄덕였다. 왠지 내뱉고 나니 묘하게 손해 보는 느낌이었다.

4. 싸움은 지금부터다

어째서 사람들은 상식적인 선에서 생각할 수 있는 일을 두고
정의니 뭐니 거창한 잣대를 들이대려는 걸까.
그건 아마도 그들이 무엇이 상식인지 모르기 때문이 아닐까.

상구의 이야기

증인을 찾았다는 말에 만사 제쳐두고 노무사님을 만나러 바람처럼 달려갔어요. 먼저 도착해서 병원 로비에서 기다리다가 노무사님이 오시는 걸 보고 같이 병실을 찾아갔어요. 우리가 방문하자 김 교익 씨는 경계하는 눈빛으로 쳐다봤습니다.

"누구시오?"

우리를 훑어보듯 하더니 딱딱하게 물었어요.

"제보 전활 받고 왔는데요."

노무사님이 조심스럽게 말을 꺼냈어요.

"제보? 도영이놈 쓸데없는 짓을……."

김 교익 씨는 고개를 갸웃거리더니 혼잣말을 했어요. 뭔가 언짢다는 얼굴이었어요. 느낌이 좋지 않았습니다. 택시기사를 오래해서 아는데 이런 얼굴의 사람은 낯선 사람에게 협조

적이지 않아요. 그래서 큰 기대를 하진 않았어요.

"부탁드리겠습니다. 김 교익 씨, 맞으시죠?"

우리를 물끄러미 바라보던 김 교익 씨가 창밖으로 고개를 돌리더니 갑자기 엉뚱한 이야기를 꺼냈어요.

"미국에서 첨으로 반도체 기술을 배워 올 때 말이야. 회장님께서 비행기 한 대에 엔지니어 한 명씩만 타라고 지시하셨지."

노무사님과 나는 무슨 말인지 몰라서 흘끗 서로를 쳐다봤어요.

"왠 줄 알아? 만약 사고가 나서 엔지니어들이 한꺼번에 죽기라도 하면 큰일이니까. 허허, 그때가 참 좋았지……."

"저흰 시간이 없어요."

노무사님이 다시 간곡하게 말했어요.

"젊은 시절을 회사에 다 바쳤어. 자식들도 다 시집 장가보냈고. 절대 원망 안 해. 회사가 나한테 해준 게 더 많아."

예상이 맞았어요. 우리를 도와줄 마음이 눈곱만큼도 없는 사람이었어요.

"백혈병 걸린 아버지고 보고 딸은 뭐랍니까?"

내가 끼어들어서 물었어요.

"나만큼 우리 회사를 잘 아는 사람은 없어. 어차피 질 싸움을 왜 해야 되나? 어리석긴……."

김 교익 씨는 나를 노려보더니 천천히 고개를 가로저었어요. 마치 어리석다는 듯이 혀를 차더군요.

"우린 안 져요. 절대로."

괜히 오기가 생겨서 그렇게 말했어요.

"흥, 나도 병에 안 져. 이제 곧 일어난다. 일하러 가야지."

그러더니 눈을 감고 누웠어요. 더는 나눌 대화가 없다는 듯이. 나는 노무사님을 보며 고개를 흔들었어요.

그렇게 아무런 소득도 없이 병실을 나서는데 누군가가 뒤에서 다가와 말을 걸었어요. 무척 키가 큰 사람이었는데 어디선가 본 적이 있는 사람이었어요.

"증인 찾으시죠?"

노무사님이 놀란 얼굴로 나를 쳐다보았어요.

"제가 법정에 서겠습니다."

우리는 그 사람과 함께 노무사님 사무실로 돌아왔어요. 알고 보니 예전에 현장조사를 하러 반도체 공장에 갔을 때 저를 뜯어말렸던 사람이더군요. 이름이 종대라고 했어요. 종대는 우리와 밤을 새면서 반도체 공장에서 일어났던 일들과, 엔지니어들의 작업에 대해 세세하게 설명을 해주었어요. 나야 많이 배우지 못한 사람이라서 들어도 알아듣지 못했지만 변호사님이나 노무사님의 표정을 보니 무척 도움이 되는 내용인 듯했어요.

그리고 마침내 그토록 기다리던 첫 공판일이 다가왔어요.

정혁의 이야기

사람들이 재판장으로 모여들기 시작했다. 원고 측 사람들, 피고 측 사람들, 기자들, 남의 일에 관심이 많은 오지랖 넓은 사람들까지. 나는 일찍부터 들어와 자리를 잡고 일전에 앞서서 마음을 가다듬었다. 원고인 자리에 앉은 한 상구 씨는 무척 긴장한 표정을 짓고 있었다. 조금 후에 소송당사자들도 들어와 자리를 잡았다.

갑자기 뒤쪽이 술렁이기 시작했다. 무슨 일인가 싶어 돌아보니 명품 정장을 차려입은 여자를 필두로 말끔한 슈트 차림의 남자들이 차례로 입장했다. 어떤 사람들인지 알 것 같았다. 구면인 사람도 있었다.

마지막으로 말끔하게 정장을 입은 사무적인 분위기의 30대 후반의 남자가 들어와 구석에 자리를 잡고 앉았다. 한 상구 씨와는 구면인지 목례를 하고는 야릇한 미소를 지었다. 반면에 한 상구 씨는 그를 보자마자 눈빛을 빛내며 노골적인 적개심을 드러냈다. 느낌상 진성 반도체의 직원인 것 같았다.

경위가 정숙을 요구하고, 곧이어 법복을 걸친 판사가 들어와 착석했다.

"피고 근로복지공단을 상대로 유족급여 및 장의비 부 지급 처분 소송 시작합니다. 보조 참가인 자격으로 진성 반도체가 참여합니다."

판사의 말이 끝나기가 무섭게 사람들이 술렁였다. 말이 보조 참가인이지 사실상 변론을 맡은 거나 다름없다.

"판사님! 국가 기관이 국민과의 소송에서 대기업의 지원을 받는다는 게 타당합니까?"

난주가 일어나 강경하게 발언했다. 미처 말릴 틈도 없었다.

"위법은 아닙니다."

판사가 무덤덤하게 말했다.

"이런 웃긴 경우가 어디 있어요?"

"이게 나라야? 대기업 들러리야?"

판사의 표정이 굳어졌다. 결코 좋은 징조는 아니다. 판사의 심기를 건드려봐야 득이 될 게 하나도 없다. 재판을 시작하기도 전에 이러면 곤란하다.

"조용히들 하세요. 경위. 뭐합니까?"

판사가 언성을 높이자, 법정 경위가 사람들을 제지하기 위해 일어선다.

"동요하지 마세요. 재판에 도움이 안 됩니다."

나는 난주를 비롯해서 소송당사자인 의뢰인들에게 자중하라고 말했다. 다행히 다들 흥분을 가라앉히고 내 말에 따랐다.

나는 짧게 한숨을 내쉬었다.

먼저 피고 측 변호인이 나왔다. 명품 정장을 차려입은 여자는 나와는 구면인 박 인주 변호사로 연수원 후배이기도 하다.

"완전 자동화된 공정으로 근로자들이 유해물질에 접촉될 확률은 제로입니다. 자료에서 보듯이 저희 사업장에서 근로자의 백혈병 발병률은 통계적으로 무의미합니다."

박 변의 말이 끝나기가 무섭게 방청석에서 비명 같은 목소리가 튀어나왔다.

"거짓말하지 마!"

정애 씨였다.

나는 이마를 짚고 한숨을 내쉬었다. 그렇게 주의를 줬는데도 소용이 없다.

"그렇게 일했으면 씨발, 우리 남편이 왜 죽어?"

"윤미가 일하던 라인은 진즉에 없애놓고"

설상가상. 한 상구 씨까지 끼어들었다.

판사가 인상을 구겼다.

"더 이상 떠들면 즉시 퇴장시키겠습니다. 원고 측 변호인!
의사 발언 진행하세요."

나는 판사에게 목례를 하고는 앞으로 나섰다.

"맞습니다. 그 통계는 무의미합니다. 건강 노동자 효과를
고려하지 않았기 때문입니다. 일반적으로 노동자 집단의 건
강 상태는 일반 인구 집단에 비해 건강이 양호하다는 결론이
나오기 때문입니다."

나는 흘끗 난주를 쳐다보았다. 지난밤에 함께 예습한 것을
잘하고 있다는 듯이 난주가 고개를 끄덕였다.

"애초에 취업 단계에서 몸이 약한 사람들은 입사 시에 걸러
집니다. 재직 중 건강 문제가 발생한 사람들은 퇴사나 이직을
하지 않습니까?"

나는 차분하게 말을 이었다.

박 변이 허를 찔렀다는 듯 나를 쳐다보았다. 나는 슬며시
웃으면서 지난밤의 일을 떠올렸다.

"그러니까 건강한 노동자들이 발병한다는 건, 일반인이 발
병하는 것보다 훨씬 유의미한 숫자에요."

난주는 내게 진성 반도체에 입사한 노동자들이 모두 건강
하다는 것에 초점을 맞추라고 조언했다.

"그게 그냥 1.3배가 아니라 사실은 엄청나게 높다는 거군."

나는 그녀의 의도가 무엇인지 금세 알아차렸다.

"그런데 악성 림프종의 경우는 두 배에서 네 배가 높게 나와요."

난주는 내게 관련 자료를 보여주었다.

"이건 꽤나 높은데요?"

"백혈병이나 림프종이나 조혈계에 생기는 암이에요. 비슷한 병이란 얘기죠. 아마 진성 측 변호사는 림프종을 뺀 백혈병 통계만 가지고 이야기할 거예요."

난주의 원 포인트 레슨은 확실히 상대의 허를 찌를 수 있는 묘수였다. 나는 지난밤에 미리 준비해두었던 자료를 증거로 제출했다.

"반도체 사업장 위험성 평가자문서를 증거로 제출합니다. 피해자들이 벤젠과 산화에틸렌 등의 독성 물질에 지속적으로 노출되었다는 증거입니다."

그러자 박 변이 일어나 이의를 제기했다.

"쓰지도 않은 화학물질에 원고들이 노출되었다는 원고 변호인단의 주장은 연금술사적인 가정일 뿐입니다."

나는 곧바로 반론에 나섰다.

"많은 분이 퇴사할 때의 이유가 코피, 실신, 하혈, 불임, 피부병 등이었습니다. 제보된 희귀병 환자 35명의 명단을 제시하겠습니다."

박 변도 쉽게 물러나지 않았다. 역시 만만치 않은 여자였다.

"2008년 공단이 전 현직 노동자를 대상으로 역학조사를 실시했으나, 유해물질은 검출되지 않았거나, 노출 기준을 초과하지 않았습니다."

"진성에서는 반도체 제조에 쓰이는 화학약품들을 공개하실 의향 없으십니까?"

"사업장의 극비 영업비밀로서 절대 불가능합니다."

"유족들 주장대로 3자가 참여하는 역학조사를 실시하실 생각은요?"

"회사에는 그럴 의무가 없습니다. 현행법상 발병 입증의 책임은 근로자에게 있으니까요."

난타전과 같은 공방이 쉴 새 없이 이어졌다. 박 변의 수비는 생각보다 단단했다. 나는 다시 지난밤의 일을 떠올렸다.

"2008년 7월 산보법 시행규칙을 개정할 때 삭제된 규정을 살려야 해요."

난주가 내게 법전을 보여주며 말했다.

"그건 나도 압니다."

나도 이미 알고 있는 내용이었다.

"업무상 요인에 의한 질병이 아니라는 명백한 반증이 없는 한 업무상 질병으로 본다!"

우리는 동시에 말했다.

판사는 내게 제출한 자료의 양이 너무 많다보니 무척 난감

하다는 표정을 지었다.

"다음 공판은 5개월 뒤에 열겠습니다."

박 변을 비롯한 진성 측 변호인들이 퇴장하면서 우리를 한 번 씩 노려보았다. 이제 겨우 1차전이 끝났다. 싸움은 지금부터다.

공판이 끝나자마자 한 상구 씨가 사람들을 이끌고 공단으로 간다고 했다. 보조 참가인으로 진성 반도체를 끌어들인 것에 대한 항의시위를 하러 갈 모양이다. 재판장에서의 싸움이든, 장외의 싸움이든, 어느 쪽이든 험난하긴 마찬가지다.

아빠랑 그렇게 마주친 뒤로는 계속 일이 꼬이는 느낌만 들었다. 괜히 불편했고 뭘 해도 흥이 나지 않았다. 아니, 그건 누나가 죽은 뒤로 계속 그랬다. 이 실장의 꼬임에 빠져 여기에 취직한 것도 후회스럽다. 할 수만 있다면 모든 걸 돌려놓고 싶었다. 그리고 누나도.

"야 또라이."

누군가가 나를 불러서 쳐다보니 경비팀의 선배였다. 별로 친하고 싶지 않은 상대라서 나도 모르게 얼굴이 굳어졌다.

"예?"

나는 건성으로 대답했다.

"이거, 니 거지? 회사로 택배 시키지 말라니까."

선배가 신경질적으로 내뱉으며 내게 박스를 건넸다.

"안 시켰는데."

"니 이름 있잖아!"

박스를 보니 정말로 내 이름이 적혀 있었다. 선배는 툴툴거리며 다시 돌아갔다. 나는 가까운 벤치로 가서 박스를 확인해보았다. 발신자는 엄마였다.

박스를 열어보니 안에서 빨간 목도리랑 일기장이 나왔다. 둘 다 누나의 유품이었다. 목도리를 보니 누나 생각이 났다. 누나가 떠나던 날, 나는 소개팅을 가겠다며 누나를 혼자 내버려두었다. 그래서 누나가 그 추운 겨울날, 혼자서 방파제를 찾는 바람에 몸이 약해져서 그렇게 세상을 떠나버린 것이다.

맞다. 그랬다.

아빠에게는 누나의 죽음이 아빠 탓이라고 했지만 따지고 보면 그건 내 잘못이었다. 나는 알면서도 그걸 외면해왔다. 인정하고 싶지 않았기 때문이다. 그러면 너무 미안해져서 아무것도 할 수 없기 때문이다.

나는 누나가 남긴 일기장을 펼쳐보았다.

마지막장을 덮는데 괜히 읽었다 싶었다. 눈물을 참을 수가 없었다. 갑자기 누나가 너무 보고 싶어졌다. 간신히 눈물을 참으며 일어서려는데 뒤에서 목소리가 들렸다.

"요즘 잠잠 하네. 그 악다구니들."

양복쟁이들. 본사 직원들이다.

"누구요? 아, 지난번에 그 추모제인지 뭔지 했던 떨거지들?"

“듣자니까 요즘 재판한다며? 그 사람들도 억울한 게 있겠지.”

“억울하긴 개뿔. 회사 발표 못 봤어? 아무 근거도 없대. 우리 회사 못 잡아먹어서 안달이 난 사람들이라니까.”

“원래 우리나라 사람들이 남 잘되는 꼴을 못 봐. 민족성이 글러먹었어.”

“죽은 애들도 그래. 막말로 누가 생산직 가래? 공부 열심히 해서 사무직 갔으면 됐잖아. 경쟁사회인데.”

거기까지 듣고 나는 도저히 참을 수가 없었다. 우리 누나는 공부를 못해서 생산직으로 간 게 아니었다.

“공부 잘했는데, 집안 형편이 어려워서 그런 걸 수도 있잖아요.”

그때서야 그들은 나를 쳐다보았다.

“뭐야 당신?”

“어따 시비야?”

머릿수만 믿고 내게 으름장을 놓았다.

“동생 대학 보내려고 취직한 걸 수도 있는 거잖아요. 안 그래요? 이 쌍놈의 종자들아! 너희가 우리 누나에 대해서 뭘 안다고 그딴 식으로 말해!”

내가 버럭 소리를 지르자 본사 직원들은 슬금슬금 자리를 피했다. 겁을 먹은 직원들은 서둘러 담배를 끄더니 자리를 피한다.

갑자기 다 귀찮아졌다. 이 따위 회사, 그냥 그만둬야겠다.

난주의 이야기

사무실에서 밀린 잔업을 끝내고 늦은 시각에 공단을 찾아 갔다. 벽면에 붙어있는 플랜카드와 피켓들이 멀리서도 눈에 띄었다. 저쪽에서 경비가 또 한 사람 늘어났냐며 불편한 시선 으로 나를 쳐다보았다.

'공단은 진성의 하수인인가?'

'진성의 행정소송 참여 절대 반대!'

피켓의 문구를 읽으며 로비로 가보니 출입문 바로 옆으로, 차디찬 바닥에 깔판을 깔고 담요를 덮고 누워 있는 정애 씨, 호창 씨, 옥연 씨가 보였다. 가장 바깥 자리에는 한 상구 씨가 웅크리고 있었다.

"야, 이건 뭐 국립호텔이구나."

나는 한 상구 씨 옆에 자리를 잡고 앉았다.

"노무사님."

“네?”

무슨 말을 하려는가 싶어 고개를 갸웃하며 쳐다보았다.

“달리 표현할 말이 없네. 고마워요.”

한 상구 씨가 수줍게 웃으며 말했다.

“별 말씀을 다하시네? 가족끼리?”

나는 팔꿈치로 아저씨의 옆구리를 쿡 찔렀다.

“가족?”

그러자 눈을 크게 되묻는다.

“저 사람들이 우릴 또 하나의 가족으로 만들었어요.”

나는 옆에 나란히 앉은 정애 씨, 호창 씨, 옥연 씨 그리고 후원회 사람들을 가리키며 말했다. 한 상구 씨는 내 말에 수궁한다는 듯이 고개를 끄덕이며 웃었다.

“허허, 그러네요. 가족, 가족이네요. 또 하나의 가족.”

우리 대화를 듣고 다른 사람들도 따라서 웃었다.

문득 민규가 떠나면서 내게 했던 말이 떠올랐다. 나보고 나만 정의를 추구하고 나만 올바르게 사는 사람인 줄 아냐고 물었다. 그래서 한동안 곰곰이 생각해보았다. 정말로 나는 정의로운 사람인가? 그래서 늘 정의를 추구하며 살았는가? 그렇게 자문해보니 그건 아니라는 결론을 내렸다. 나는 지금껏 내가 정의롭다거나 그렇다고 남다른 정의감으로 올바르게 살아가고 있다는 선민의식 따위는 가져본 적이 없다. 난 단지 상식을 추구했을 뿐이다. 상식적인 선에서 상식적인 것을 지키려고 했을 뿐인데, 그걸 보고 다른 사람들은 나보고 혼자 잘난 맛에 정의감을 운운하고 정의의 용사처럼 군다는 것이다.

그래서 문득 궁금해졌다. 어째서 사람들은 상식적인 선에서 생각할 수 있는 일을 두고 다르게 보고 정의니 뭐니 거창한 잣대를 들이대려는 걸까, 하고. 그건 아마도 그들이 무엇이 상식인지 모르는 게 아닌가 하는 결론에 이르렀다. 아마 그 물음에 답은 이 기나긴 싸움이 끝나면 알게 될 것 같다.

하지만 난 지금도 말할 수 있다. 나는 정의감도 없고 정의로운 사람도 아니라는 것을. 단지 상식적으로 생각하고 상식을 지키려고 노력하는 사람일 뿐이지. 이 두 가지가 그렇게 닮았나?

정혁의 이야기

"2차 변론 시작합니다. 원고 측 변호인 진행하세요."

"휴정을 요청합니다."

판사의 말이 끝나기가 무섭게 내가 말했다. 판사가 황당하다는 표정을 지었다. 그래도 내 요청은 받아들여졌다.

방청객들이 술렁였다. 나는 그들을 무시하고 재판정을 나왔다. 보독에서 난주가 휴대폰을 들고 초조한 얼굴로 서성이고 있었다. 증인으로 나서기로 했던 종대 씨가 아직까지 연락 두절이었다.

"답 없나요?"

내가 물었다.

"안되겠어요."

난주가 고개를 가로저었다.

"증인 관리를 어떻게 한 거예요?"

나는 답답한 마음에 다그치듯이 물었다. 그러자 난주도 억울하다는 얼굴로 나를 쳐다보며 항변했다.

"갑자기 연락이 끊겼는데? 어떻게 해요?"

하기야 그녀의 잘못도 아니다.

"자자, 진정하고 어떻게든 해볼게요."

말은 그렇게 했지만 솔직히 나도 좋은 방법은 떠오르지 않았다. 이렇게 된 이상, 일단 부딪치고 보는 수밖에.

나는 다시 법정으로 돌아왔다.

"원고 측 증인 어떻게 되셨죠?"

판사가 물었다.

나는 고개를 숙이고 말했다.

"죄송합니다. 연락이 두절되었습니다. 대신 저희 측의 전문가 증인을……."

판사는 내 요청을 가차 없이 묵살했다. 나는 조용히 혀를 찼다. 지난번에 이어 판사에게 계속 점수를 잃고 있었다.

"받지 않겠습니다. 피고 측 증인 나오세요."

문이 열리고, 천천히 들어서는 피고 측 증인을 보고 하마터면 소리를 지를 뻔했다. 종대였다. 그토록 우리가 애타게 찾던 증인이, 피고 측 증인이 되어 나타난 것이다. 그것도 말쑥하게 정장을 차려입어서 완전히 딴 사람처럼 보였다.

놀라기는 난주와 한 상구 씨도 마찬가지였다. 두 사람 모

두 배신감을 느끼고 있었다. 종대를 바라보는 눈빛이 곱지
않았다.

"양심에 따라 숨김과 보탬이 없이 사실 그대로를 말하고 만
일 거짓말이 있으면 위증의 벌을 받기로 맹세합니다."

종대가 손을 들고 선서했다. 위증을 어쩌고 할 때는 너무
황당해서 웃음만 나왔다.

"원고 측 질문하세요."

판사가 말했다. 나는 호흡을 가다듬고 증인에게 다가갔다.

"근무 하시는 동안, 가스 노출사고가 있었죠?"

"그런 일은 없었어요. 안전장치 잘되어 있는데. 인터락을
잘 잠그고 있으면 문제없습니다."

기가 찰 노릇이다. 우리를 찾아와서 자기 입으로 했던 말을
모두 부정하고 있었다. 나는 어이없다는 얼굴로 그를 쏘아보
았다.

"냄새가 나는 경우가 있었다고 들었는데요?"

나는 다시 질문했다. 이것도 지난번에 그와 나누었던 대화
를 토대로 한 질문이다. 하지만 이번에도 자기가 한 말을 완
강히 부정했다.

"그건 유해가스 누출 때문이 아니라 설비가 과열 돼서입니
다."

여기저기에서 안타까운 탄성이 흘러나왔다. 다행히 지난번

과 같은 소요는 일어나지 않았다. 사전에 단단히 주의를 준 덕이었다.

"직원들의 안전교육이 제대로 이루어졌다고 보십니까?"

내가 물었다.

"신입 때부터 체계적으로 받았습니다."

"원고들은 어떤 약품이 신체에 해로운지 전혀 몰랐다고 했는데요?"

"교육 때 졸았나보죠."

뻔뻔한 얼굴로 말하는 걸 보고 있자니 법정만 아니라면 주먹으로 후려치고 싶었다.

"증인! 냄새가 약품이 아니라 설비 탓이라고 했는데 확실한가요?"

"경험적으로 아는 거죠."

"경험적으로요? 이 종대 씨. 양심을 걸고 이야기 해주십시오. 동료들이 병으로 고통 받고 있어요!"

나도 모르게 울컥해서 다소 목소리를 높였다. 내 서슬에 눌린 종대가 머뭇거리자 박 변이 흐름을 끊기 위해 이의를 제기했다.

"의의 있습니다!"

"인정합니다. 변호인. 사건과 관련된 질문만 하세요."

판사가 이의를 인정했다. 나는 더 물을 게 없었다.

"마치겠습니다."

박 변이 일어나 판사 앞으로 가더니 자료집을 내밀었다.

"현재 국내 연구진의 의견이 갈리는데요. 저희는 제3자인 외국의 보건 컨설팅 회사 인터메디에 조사를 요청했습니다. 진성의 사업장에 발암물질은 없다는 연구결과입니다."

처음 듣는 이야기였다. 나는 이의를 제기했다.

"이의 있습니다!"

"기각합니다. 증거자료 제출하세요."

역시나, 내 발언은 묵살되고 말았다.

"재판장님. 전문가 증인을 세우도록 해주십시오!"

"받지 않겠습니다. 자료만 제출하세요."

판사의 태도는 너무도 단호했다.

나는 분한 마음에 종대를 노려보았다. 하지만 그는 다른 곳을 보고 있었다. 시선을 따라가니 지난 공판에도 참석했었던 남자를 보고 있었다. 한 상구 씨에게 아는 사이냐고 물어보니 이보근 실장이라고 진성의 사후처리반 같은 역할을 하는 사람이라고 했다. 나는 두 사람이 시선을 나누는 걸 보고 둘 사이에 모종의 거래가 있음을 깨달았다. 그렇지 않고서야 우리 측 증인으로 나서겠다던 사람이 저렇게 안면을 몰수할 순 없는 것이다.

1차 공판을 나름 선방했다면 이번 공판은 사실상 우리의 패배나 다름없었다. 게다가 결정적인 증인이라고 생각했던 종대가 돌아서는 바람에 우리에겐 남아있는 카드가 사실상 없었다. 재판장에서 돌아온 우리는 난주의 사무실에 모여 앞으로의 대책에 대해서 논의했다.

"인터메디가 어떤 회사죠?"

내가 물었다.

"일종의 의학용병이라고나 할까. 고엽제도 간접흡연도 해롭지 않다고 발표한 친 기업 회사에요."

난주가 설명했다.

"다른 증인은?"

내 말에 난주는 고개를 가로저었다. 앞이 안 보였다. 이래서야 맨손으로 전쟁터에 나가는 것이나 다름없다.

"지금 이 상태로 가면 절대 못 이깁니다."

내 말에 사람들이 실망하는 표정을 지었다.

"이러면 어떨까요?"

나는 잠시 망설이다가 이야기를 꺼냈다. 별로 하고 싶지 않은 이야기였지만 모두를 위해서는 가장 현명한 방법일지도 몰랐기 때문이다.

이목이 내게 쏠렸다.

"진성과 합의하는 겁니다."

내 말이 끝나기가 무섭게 난주가 벌떡 일어나며 소리쳤다.

"말도 안 돼!"

"노무사님 심정은 알아요. 하지만 진다면? 이분들한테 어떤 책임을 지실 겁니까?"

난주는 아무런 대꾸도 하지 못했다.

"지면 아무것도 아니죠. 대의도 실리도 놓치는 겁니다."

나는 냉정하게 말했다. 잠시 어색한 침묵이 흘렀다.

호창이 침묵을 깨고 처음으로 입을 열었다.

"얼마나 받을 수 있나요?"

한 상구 씨가 호창을 쳐다보았다.

"아마 꽤 많은 액수일 겁니다."

나는 솔직하게 말했다.

"합의하면 어떻게 되죠?"

이번에는 옥연 씨가 물었다.

"여러분은 보상을 받고, 진성은 이 문제에서 손을 터는 거죠."

굳이 말을 꾸며낼 필요는 없었다. 그게 이 사람들이 판단하는 데 도움을 주는 것이니까.

"산재 인정은?"

정애 씨가 무거운 표정으로 물었다.

"물론 안 됩니다."

나는 고개를 가로저었다.

"합의를 해? 지금 와서? 뭐해요? 이 사람들 안 말리고?"

한 상구 씨가 일어나 따지듯이 말하고는 마지막으로 난주
를 쳐다보았다. 난주는 한 사람씩 쳐다보고는 나직이 한숨을
내쉬었다.

"합의하고 싶으신 분들은 그렇게 하세요."

뜯어말릴 줄 알았던 사람이 순순히 합의하라는 말을 꺼내
자 다들 놀라는 눈치였다. 특히 호창이 가장 놀랐다.

"네?"

"노무사님, 그게 무슨……."

난주가 손을 들어 사람들의 말을 끊고 차분한 목소리로 이
야기했다.

"이 싸움은 여러분 스스로가 하는 거예요. 이건 절대 누가
대신 할 수 없는 거예요. 저도, 변호사님도. 그러니 결정은 여
러분이 하세요."

다시 침묵이 찾아왔다.

그러더니 가장 먼저 정애 씨가 사무실을 나갔고, 뒤이어서
다른 사람들도 사무실을 떠났다. 결국 남은 사람은 한 상구
씨, 한 사람뿐이었다.

"죄송해요."

난주가 울먹이며 사과했다.

"가족끼린 그런 말 하는 거 아니래요."

한 상구 씨가 난주의 어깨에 손을 얹으며 괜찮다고 말했다. 하지만 그렇게 말하는 그의 표정도 그리 밝진 않았다.

상구의 이야기

　변호사님의 이야기를 듣고 남은 희망은 새로운 증인을 찾는 것밖에 없다는 걸 알았어요. 그래서 그때부터 증인을 찾아 나섰습니다. 어딘가에 우리를 도와줄 선한 사람이 있을 거라고 믿었어요. 증인을 찾는다는 피켓을 들고 매일 진성 반도체 공장을 찾았습니다. 출근하는 직원들에게 전단지도 돌려보고, 내가 할 수 있는 일은 뭐든지 다 했어요. 하지만 선뜻 증인에 나서주겠다는 사람은 없었어요.

　시간이 흐르면서 조금씩 저도 지치기 시작했어요. 이러다가 재판에서 질지도 모른다는 불안감 때문에 조바심이 느껴졌어요. 그래도 찾아가고 또 찾아갔어요. 출근길에도 찾아가도, 점심시간에도 찾아가고 퇴근하는 사람들을 붙들고 사정하고, 또 사정했어요.

　그러던 어느 날, 평소랑 마찬가지로 피켓을 들고 홀로 반도체 공장을 찾았어요. 그리고 출근하는 사람들을 상대로 전단지를 나눠주었어요. 갑자기 어디에선가 트로트 노랫소리가 들리더니 진성 반도체 로고가 새겨진 버스 세 대가 달려와 나를 둘러싸는 거예요. 꼼짝없이 갇히고 말았어요. 아무리 두드리고 비켜달라고 해도 움쩍도 하지 않았어요.

"이거 치워! 치우라고! 치우란 말이야. 치와. 이 쌍놈에 종자들아!"

고래고래 소리를 지르자, 음악소리를 키워서 내 목소리가 밖으로 새어나가지 않게 했어요. 결국 소리치다가 지쳐서 제풀에 쓰러지고 말았습니다. 기운이 모두 빠져나가는 기분이었어요. 너무나 파란하늘을 보니 갑자기 서글퍼졌어요.

"윤미야, 미안하다. 아빠는 여기까진가 보다……."

그때였어요.

낮익은 얼굴이 불쑥 시야에 들어왔어요. 지난번에 증인을 부탁하려고 병원까지 찾아갔다가 문전박대를 당했던, 김 교익이라는 양반이었어요. 나를 처연하게 내려다보더니 그냥 지나가는 투로 어떤 이름을 말했어요.

"도영이를 찾아."

"뭐요?"

음악소리가 시끄러워서 다시 물었어요.

"채 도영."

그렇게 말하고는 어디론가 가버렸어요.

"그게 누구요?"

벌떡 일어나 물었지만 이미 공장 입구로 사라진 후였어요.

"채 도영이라고?"

나는 그길로 노무사님에게 달려갔어요. 그리고 김 교익 씨가 가르쳐준 채 도영이란 사람을 찾아 나섰어요.

다행히도 고 기자님의 인맥을 통해 어렵지 않게 주소를 알아낼 수 있었습니다. 나는 노무사님과 함께 채 도영 씨의 집으로 찾아갔어요. 운이 좋았는지 아파트 복도에서 때마침 가족들과 장을 보고 들어가는 채 도영 씨와 마주쳤어요.

"채 도영 씨?"

노무사님이 부르니 채 도영 씨는 뭔가 낌새를 차리고 가족들을 집 안으로 들어가게 했어요.

"전 할 말이 없습니다."

"잠시 이야기 좀……."

노무사님이 채 도영 씨의 팔을 붙잡았어요.

"할 말 없다니까요."

"여보, 누군데?"

"아무것도 아냐. 당신도 얼른 들어가."

채 도영 씨는 우리를 무시하고 집으로 들어가려고 했어요. 그래서 나와 노무사님이 문을 잡고 매달렸어요.

“채 도영 씨, 채 도영 씨가 도와주셔야 해요!”

“여보, 대체 무슨 일이야? 이 사람은 누구고.”

“사람들 생명이 달린 문제에요.”

노무사님이 필사적으로 외쳤어요.

“아이 참! 난 그런 거 몰라요! 왜 나한테 그래? 뭐해, 당신은 애 데리고 들어가, 빨리.”

“못 들어가. 이 아저씨가…….”

내가 문을 가로막았습니다. 무례한 행동이라는 건 알지만 어쩔 수가 없었어요. 채 도영 씨가 유일한 희망이었으니까요.

“뭐, 뭐야? 비, 비켜요 아저씨!”

“증인 좀 서줘요.”

나는 간곡하게 부탁했어요.

“왜, 왜 나한테 그래요?”

“이제 남은 사람이 없어요. 도와주세요.”

“그런다고 소용없어요. 저, 안 해요!”

채 도영 씨가 나를 밀어내려고 안간힘을 썼어요. 나도 밀리지 않으려고 단단히 버텼어요. 그러다가 그만 채 도영 씨의 옷자락을 찢고 말았습니다. 그러자 목 아래 피부가 드러나면서 흉하게 생긴 반점이 보였어요.

채 도영 씨가 당황하며 나를 힘껏 밀었어요.

“이 아저씨가 도대체 왜 이래!”

“그거 뭐예요?”

내가 물었어요.

“무슨 소리를 하는 거예요. 자꾸 이러면 경찰을 부르겠습니다. 어서 가주세요, 제발!”

“내가요, 29년을 넘게 택시기사를 했어요. 척 보면 어떤 사람인지 대번에 알아요.”

“뭔 헛소리에요?”

채 도영 씨가 황당하다는 얼굴로 나를 쳐다보았어요.

“병이 생겼죠?”

내가 물었어요.

“뭐라고?”

채 도영 씨가 당황해서 아내를 쳐다봤어요.

“여보?”

“아, 아니야. 허, 헛소리 하지 마!”

“내가요, 우리 딸 윤미 간호한 게 몇 년이에요. 그래서 알아요, 나는.”

채 도영 씨가 무너지듯 주저앉더니 흐느끼기 시작했다.

“얼마나 무섭고 외로웠을까. 이제 괜찮아요…….”

나는 채 도영 씨를 안으며 등을 토닥여주었어요. 채 도영 씨가 서럽게 울기 시작했어요.

정혁의 이야기

재판장으로 향하던 나는 복도에서 반가운 얼굴들과 마주쳤다. 진성 반도체와 합의를 하겠다던 정애, 옥연, 호창이 우리를 기다리고 있었다.

"어?"

정애 씨가 미안한 듯 얼굴을 붉히며 고개를 숙였다.

"애들 보고 있는데 갑자기 겁이 덜컥 났어요. 우리 아빠는 왜 죽었냐고 물어보면 뭐라고 해야 할까. 합의 보면 평생 거짓말 해야겠죠?"

"정애 전화 받고 많이 고민했어요. 남편이랑 며칠을 싸웠네. 백혈병하고 싸울 때보다 더 심하게."

옥연 씨가 말했다.

"그래서?"

한 상구 씨가 물었다.

"남편이 끝까지 가보래요."

옥연 씨가 웃으면서 말했다.

난주가 웃으면서 휠체어를 타고 있는 호창을 쳐다보았다.

"난 그냥 왔어요. 여기서 그만두면 앞으로 형님이랑 소주 한잔 못할까봐요."

호창이 멋쩍게 웃으며 머리를 긁적거렸다.

"그래 잘 왔어. 정말 잘 왔어. 이제 들어갑시다."

한 상구 씨가 호창의 어깨를 토닥여주고는 뒤에서 휠체어를 밀어주었다. 오랜만에 다시 모인 우리는 웃는 얼굴로 재판정에 들어갔다.

다시 싸움은 시작되었다.

"원고 측 변호인 진행하세요."

나는 증인을 신청했다.

채 도영 씨가 나타나자 재판정이 술렁이기 시작했다. 특히 진성 반도체 사람들의 표정이 볼만했다. 미처 예상하지 못했던 모양이다. 우리를 배신했던 종대는 마치 저승사자라도 만난 것 같은 표정을 짓고 있다. 이제야 자기가 무슨 짓을 했는지 어렴풋이 깨닫는 모양이다. 지금에 와서 후회해봐야 너무 늦었지만.

"지난번 공판에서 이 종대 씨는 한 윤미 씨가 담당했던 웨이퍼 식각공정이 안전하다고 했습니다. 사실입니까?"

채 도영 씨는 방청석에 앉아있는 종대를 흘끗 보더니 어눌한 말투로 더듬거리며 이야기를 시작했다.

"그, 그, 그건 저, 전혀 사실과 다, 달라요. 회사가 생산성을 높이려고 웨이퍼 냉각시키는 시간을 줄였어요."

첫 답변부터 사람들이 술렁이기 시작했다. 그럴 수밖에. 이전 공판에서 종대가 했던 증언과는 완전히 상반되기 때문이다. 사람들도 알 것이다. 누가 진실을 말하고 있는지. 진실은 옷차림이나 말투로 가릴 수 있는 게 아니다.

"그럼 어떤 현상이 일어나죠?"

나는 그에게 자세한 설명을 요구했다.

"고, 고온의 화학 증기가 설비 밖으로 누출되는 경우가 있어요. 그럼 화학약품과 가스가 서로 결합해서 부산물이 생성돼요. 휴, 흄이라고 합니다."

채 도영 씨가 발언을 할 때마다 사람들이 다양한 반응을 보였다. 그리고 그럴수록 진성 쪽 사람들은 가시방석에 앉아있는 것처럼 불안한 기색을 비쳤다. 아마도 할 수만 있다면 당장 뛰쳐나와 채 도영 씨를 증인석에서 끌어내리고 싶은 심정일 것이다.

"그걸 어떻게 찾죠? 장비가 있나요?"

나는 결정적인 질문을 던졌다.

"코, 코로 찾죠. 코로."

　채 도영 씨의 증언은 엄청난 반향을 일으켰다. 방청석에서 다양한 반응이 튀어나왔고, 심지어 돌부처 같던 판사까지도 미묘하게 얼굴을 찡그렸다. 이것으로 확실한 승기를 잡은 느낌이다. 박 변은 내색하지 않았지만 얼굴이 하얗게 굳어버렸다. 채 도영 씨를 증인으로 내세운 파급 효과가 이 정도였으리라곤 상상도 못했겠지.

　"보호 장비를 착용하지 않는다는 말씀입니까?"

　나는 다시 되물었다.

　"쓰고 있던 마스크도 아래로 내리는데, 대부분 냄새로 찾습니다."

　"그중에 몸에 해로운 가스도 있습니까?"

　"디, 디보린이나 포스핀. 이런 거 많이 씁니다. 포, 포스핀은 2차 대전 때 아우슈비츠에서 썼는데, 아시죠? 나치가 만든 수용소……."

　이때, 박 변이 벌떡 일어났다. 사실 진작부터 그러고 싶었을 것이다. 단지 구실을 찾지 못했을 뿐이지.

　"이의 있습니다! 본 재판하고는 상관없는 질문입니다."

　"인정합니다. 원고 측 변호사. 주의해 주세요."

　판사가 박 변의 이의를 받아들였다.

　나는 정중히 고개를 숙이고 다시 질문을 이어갔다. 어차피 필요한 이야기는 모두 들었고, 사람들도 이제 알고 있으니 그걸로 충분하다.

"지난 번 증인 이 종대 씨는 설비마다 인터락이란 안전장치가 설치되어 있었고, 회사에선 그걸 풀라고 지시한 적이 없다고 했습니다. 맞습니까?"

"마, 맞죠. 지, 지시한 적 없죠. 그, 그냥 사원들이 해제하니까."

전입가경. 채 도영 씨의 발언은 거의 핵폭탄 수준이다.

"왜 그렇습니까?"

"새, 생산량을 올려야죠. 그래야 옆의 동료보다 하나라도 더 물량을 빼니까요. 생산, 생산, 생산을 어떻게 빨리 많이 할 거냐. 이, 이게 항상 우선입니다."

술렁이던 재판정이 고요해졌다. 모두들 채 도영 씨의 증언에 집중하고 있었다. 진성 반도체 쪽 사람들은 거의 초상집 분위기다.

"회사에 또 아프신 분이 있나요?"

나는 방청객을 돌아보며 물었다.

"저, 저희 팀장님이 백혈병. 부 팀장님은 피부암을 앓고 있습니다."

다시 박 변이 일어섰다..

"이의 있습니다!"

"인정합니다. 원고 측 변호인. 경고합니다. 재판과 관계있는 질문만 하세요!"

판사가 짜증 섞인 목소리로 주의를 주었다. 나는 다시 목례를 했다. 이것도 자주 해보니 별로 나쁘진 않네.

"증인. 용기를 내서 이 자리에 나온 이유가 뭡니까?"

나는 다시 질문했다.

이번에는 채 도영 씨가 선뜻 대답하지 않았다. 이유는 이미 알고 있었다. 하지만 그에게 직접 들어야할 필요가 있었다.

"채 도영 씨, 말씀해 주시죠."

"저, 저도 병에 걸렸기 때문입니다."

누군가가 방청석에서 아, 하는 탄성을 질렀다.

"병명이 뭔지 물어봐도 되겠습니까?"

"베, 베게너씨 육아종이라고……. 씨발, 그, 그런 병 들어들 보셨나요? 의사들도 잘 모른다는데요."

흘끗 종대를 봤다. 아마 채 도영 씨가 병에 걸렸단 사실을 몰랐던 모양이다. 무척 충격을 받은 표정이다. 눈동자가 심하게 흔들리고 있었다.

"유감입니다."

나는 진심으로 말했다.

"우리 애한테 혹시라도, 뭔가 영향이 있다면 저는 정말 미쳐버릴 겁니다."

재판정이 다시 술렁였다. 거의 쐐기를 박는 느낌이다. 지금껏 반신반의하던 사람들도 이제는 그의 말이 모두 옳다는 걸 알았으리라. 그리고 그가 왜 리스크를 감수하고 증인으로 나섰는지도 알았을 것이다. 이것만큼 확실한 동기는 없을 테니 말이다.

"지난번 공판의 증인이신 이 종대 씨와의 관계는요?"

"가, 같은 팀 후배였습니다."

채 도영 씨와 눈이 마주친 종대가 움찔하며 고개를 돌렸다.

"그분에게 하실 말씀 있으신가요?"

"조, 종대야. 너 겨, 결혼한 지 얼마 안 되었잖아. 니 와이프 임신했대매. 괘, 괜찮겠어? 아, 안 무서워? 아이가 어떻게 될지? 돈이 아무리 많아도 그런 병은 못 고쳐."

채 도영 씨의 말이 끝나기가 무섭게 종대는 자리를 박차고 밖으로 나가버렸다. 아마도 버티기 힘들었겠지.

"이상입니다."

나는 목례를 하고 자리로 돌아갔다.

"피고 측 변호사 하실 말씀 있으신가요?"

박 변이 자리에서 일어나 채 도영 씨에게 다가갔다. 그러더니 한참을 바라보다가 짧게 한숨을 내쉬었다.

"없습니다."

나는 난주를 돌아보았다. 난주가 승리를 예감한 듯 주먹을 불끈 쥐어보였다. 구석에 앉은 이 실장이란 사람이 보였다.

표정이 무척 어두워보였다.

"한 달 후 최종 판결하겠습니다. 판결 전 원고 측에게 발언기회를 드리겠습니다. 말씀하실 분, 계십니까? 없으시면……."

그때 한 상구 씨가 잠시 머뭇거리다가 조용히 손을 들고는 자리에서 일어났다. 사람들이 이제 와서 무슨 이야기를 하려나 하는 눈빛으로 쳐다보았다. 특히 박 변을 비롯한 진성 쪽 사람들은 조소어린 눈빛으로 은근히 깔보기까지 했다. 아마도 그들은 잘 모르는 모양이다. 우리 같은 법조인들이 내뱉는 말보다 이런 분들의 진정성이 담긴 목소리의 울림이 얼마나 크고 깊은지를. 이제 곧 있으면 깨닫게 되겠지만.

"전 못 배우고 무식해서 이 재판정에서 무슨 말을 하는 건지 잘 모르겠어요. 우리 딸이 일하던 공장에선 그냥 암두 아니고, 백혈병 환자가 많이 생겼어요. 듣도 보도 못한 병에 걸린 환자들도 많구요. 뭐라더라. 종격동염이니 다발성 경화증이니 병 이름이 하도 어려워 외울 수두 없어요."

한 상구 씨의 이야기가 이어지자 재판정 분위기가 숙연해졌다. 내가 예상했던 대로다. 박 변의 표정이 조금씩 굳기 시작했다.

"택시 운전하다 보면요. 술 취해서 돈 안 내구 도망가는 손님들이 꼭 있어요. 그 손님 잡으면 뭐라고 하는지 아세요? 돈

냈다구, 아저씨가 사기 치는 거 아니냐고 잡아떼요. 그러면서 자기가 돈 안낸 증거를 내놓으래요. 공단이랑 회사도 똑같아요. 산재 신청하면 우리보고 증거를 내놓으래요. 영업비밀이라구 자료도 내놓지 않구, 작업장에 들어가지도 못하게 하면서 증거를 내놓으라는 법이 세상에 어디 있어요? 근데요. 우리한테 증거 있어요.”

그러고는 잠시 숨을 고른 뒤, 원고인 석에 앉아있는 호창, 옥연, 정애 씨를 차례로 가리켰다.

“여기.”

호창은 병을 앓고 있어서 손과 발을 제대로 쓰지 못했다. 그래서 젊은 나이에, 아니 앞으로도 계속 휠체어 신세를 져야 할지도 모른다.

“또 여기.”

정애 씨는 사랑하는 남편을 백혈병으로 잃었다. 하지만 아무도 그의 죽음에 관심을 가져주지 않았다.

“저기에도.”

옥연 씨도 마찬가지다.

한 상구 씨가 다시 판사를 바라보며 힘 있는 목소리로 말을 이었다. 나로서는 도저히 할 수 없는 진정성을 담은 목소리로.

“여기 병든 노동자들의 몸, 가족 잃은 사람들, 이기 바로 증거 아니에요? 이거보다 더 확실한 증거가 있어요?"

윤석의 이야기

그날 아빠는 다른 사람인가 싶을 정도로 멋있었다.

내가 기억하던 순박하고 그래서 때론 어리숙하던 아빠의 모습이 아니었다. 재판정 사람들이 아빠의 말 한마디, 한마디에 집중하고 귀 기울이던 모습이 아직도 눈에 선하다. 아빠에게 그런 면이 있는 줄은 꿈에도 몰랐다. 처음엔 아빠를 무시하는 눈빛으로 바라보던 진성 반도체 사람들도 인정하는 분위기였다.

아빠의 발언이 끝나자 사람들이 열화와 같은 박수를 보냈다. 당연한 거였다. 그날 아빠는 충분히 박수를 받을 자격이 있었다. 그만큼 멋졌다. 나 역시도 탄복해서 박수를 쳤으니까. 그리고 감정에 겨워 재판정을 도망치듯 빠져나왔다. 하지만 그런 아빠 덕분에 고민을 끝낼 수 있었다.

진성에 사표를 냈다.

생각해보면 처음부터 나와 어울리는 자리가 아닌 것 같다. 몸에 맞지 않은 옷은 아무리 비싸고 디자인이 그럴싸해도 막상 걸치면 그냥 천 조각에 불과하다. 너무 늦게 깨달은 감이 없지 않아 있지만 이제라도 알았으니 그게 어디인가. 예전의 나라면 아마 지금까지도 철없는 철부지로 있었을 것이다.

그래, 나는 이제 달라지기로 했다. 아니 그보다는 원래 나로 돌아가는 게 맞겠다. 아빠 엄마의 아들, 누나의 동생. 속초의 싸나이, 한 윤석으로.

그래서 속초로 돌아왔다.

내려오기 전에 머리를 빡빡 밀었다. 예전에 아빠가 다녀간 뒤로, 그리고 누나의 유품을 받고 오랫동안 고민하다가 입영 신청서를 냈다.

얼마 전에 영장이 날아왔다. 군대에 오란다. 그래서 미련 없이 입대하기로 했다. 나란 놈은 제대로 철이 들려면 좀 고생을 해봐야 한다. 그래야 비로소 어른이 될 것 같다.

참 이상하다. 그렇게 마음을 먹으니 속이 후련했다. 왜, 진즉에 이런 결정을 하지 못했을까 할 정도로.

집으로 돌아가기 전에 누나가 짜준 목도리를 하고 잠시 바닷가를 걸었다. 목도리는 따듯했다. 다만 목도리를 두르기엔 너무 더운 계절이라는 게 흠이랄까.

주변을 둘러보니 다들 가벼운 옷차림이다. 목도리를 두른

놈은 나 하나뿐이다. 다들 이상하다는 눈초리로 쳐다본다. 분명히 내 빨간 목도리가 부러워서 그런 것이리라.

자식들, 이건 세상에서 하나밖에 없는 명품 수제 목도리란다. 너희가 가지고 싶어도 어디 가서 구할 수도 없는 우리 누나 표 빨간 목도리.

갑자기 까닭 없이 피식 웃음이 나왔다. 아무도 없는 바닷가에서 혼자 이게 무슨 똥 폼인가 싶었다. 엄마가 해준 밥이 그리웠다. 그래서 똥 폼은 그만 잡고 집으로 가기로 했다.

집이 가까워지자 망치를 두드리는 소리가 들렸다. 아빠가 지붕 위에서 못을 박고 있었다. 드디어 저 집에 문제가 생긴 모양이다. 하기야 낡아도 너무 낡았다.

갑자기 아야, 하는 소리가 들렸다. 흘끗 보니 아빠가 망치질을 하다가 손가락을 때린 모양이다. 이제 나이가 들더니 망치질도 제대로 못한다.

그날의 멋있던 모습은 다 어디로 갔나 싶다. 하기야 저래야 우리 아빠 같다는 느낌이 들기도 한다. 그럼 그날은 조금 오버였나? 히히.

나는 고개를 흔들며 사다리를 타고 올라갔다. 아빠가 나를 보고 깜짝 놀라는 표정을 지었다.

"너!"

"이제 망치 들 힘도 없어? 어디 박으면 되는데?"

아빠가 심각한 표정으로 나를 보더니 손가락으로 가리키며
말했다.

"여기?"

"싱겁기는."

아빠를 도와 한 시간 만에 지붕 수리를 마쳤다. 그사이에
벌써 해가 지기 시작했다. 아빠랑 나란히 앉아서 해가 울산바
위로 넘어가는 걸 바라보았다.

둘 다 아무 말도 하지 않았다.

그러다가 먼저 아빠가 입을 열었다.

"원래 여기에 2층을 올리려고 했다. 니랑 윤미 방 따로 만
들어 줄라구."

"그래, 그랬구나."

나는 고개를 끄덕이며 모자를 벗었다. 아빠가 나를 흘끗 보
더니 빡빡 깎은 내 머리를 보고 깜짝 놀랐다.

"뭐야, 그 머리는."

"나, 군대 가."

나는 머리를 쓰다듬으며 어색하게 웃었다.

"뭐?"

아빠가 되물었다.

"왜, 슬프나? 남들 다 가는 건데 뭐. 괜찮다."

내 말에 아빠가 머리를 쥐어박았다. 하지만 하나도 아프지

가 않았다. 사실은 예전에도 그랬다. 아빠는 한 번도 날 아프게 한 적이 없다. 내가 아프게 했으면 했지.

엄마가 장바구니를 들고 집으로 왔다. 나는 엄마를 부르며 지붕에서 내려갔다.

"엄마!"

"윤석아! 우리 아들, 언제 왔어!"

역시 집에 돌아오길 잘한 것 같다.

보근의 이야기

결국 또 속초에 오고 말았다.

이번에는 정말로 마지막이라는 심정으로 찾아왔다. 지난번 공판 이후로 분위기가 심상치 않게 돌아가자 윗선에서는 어떻게든 한 상구 씨를 설득시키라고 지시했다. 말은 쉽지. 그 양반은 그렇게 녹록한 사람이 아니다. 이제 나도 인정해야 할 것 같다.

그의 집으로 다가가니 웃음소리가 들렸다. 본사에서 안 보인다 싶더니 그의 아들도 집에 내려와 있었다. 한 윤미를 제외한 세 식구가 마당에 나와서 저녁을 먹고 있었다.

"마실 줄 아나?"

한 상구 씨가 아들에게 잔을 내밀었다.

"그럼, 누구 아들인데?"

윤석이 잔을 받더니 익숙하게 잔을 입 안에 털어 넣었다.

그러고는 멍게를 집어 먹으며 추임새를 넣었다.

"캬아, 조으다. 내가 이 맛에 산다."

한 상구 씨 내외가 아들을 바라보며 웃었다.

화기애애한 분위기일 때, 들어가 이야기를 나누면 효과가 있을 것 같았다. 나는 일부러 인기척을 냈다.

"어?"

윤석이 가장 먼저 나를 보고 놀라는 표정을 지었다.

"이야기 좀 하시죠?"

나는 웃으면서 말했다. 그들은 마지못해 나에게 자리를 권했다. 나는 뜸을 들이지 않고 본론을 말했다.

"지금이라도 소송 취하 하시면 십억 드리겠습니다."

한 상구 씨의 아내와 윤석이 깜짝 놀라는 표정을 지었다. 그러고는 자연스럽게 한 상구 씨를 쳐다보았다.

"난 집사람이 하라는 대로 할 거야."

한 상구 씨가 소주를 들이키더니 아내를 보며 말했다. 그의 아내가 깜짝 놀라 한 상구 씨를 바라보았다. 한 상구 씨는 알아서 하라는 듯 고개를 끄덕였다.

"사모님, 산재보상금은 훨씬 적은 거 잘 아시죠?"

나는 얼른 그녀를 보며 말했다.

"에그, 난 그런 거 몰라요. 그냥 우리 아들이 시키는 대로 할게요."

그래, 윤석이라면 나와 구면이니 오히려 상대하기가 수월
하다. 나는 웃는 얼굴로 윤석을 쳐다보았다. 더욱이 나는 취
직까지 시켜준 사람이 아닌가.

"윤석 씨, 군대 간다고 퇴사를 한 모양인데. 어때? 좀 더 좋
은 곳으로……."

그러자 윤석이 손을 들어 내 말을 끊었다.

"십억? 장난치나? 졸라 적자나. 람보르기니 한 대도 못 살
텐데?"

이건 또 뭔가. 이 사람들, 십억이란 돈을 평생가야 만질 수
도 없을 텐데. 어떻게 이리도 쉽게 거절할 수가 있지.

착잡해진 나는 더는 앉아있을 수 없어 자리에서 일어났다.
계속 엉덩이를 뭉개고 있어봐야 시간낭비였다.

문을 열고 나가려는데 한 상구 씨가 나를 불렀다.

"거 소주나 한잔하고 가요. 멍게 물이 좋은데."

그의 말 한마디가 나를 더욱 처참하게 만들었다. 인정하기
싫지만 내가 진 것 같다. 저, 시골 촌구석 택시기사의 뚝심에
내가 진 게 분명하다.

난주의 이야기

드디어 최종 공판일이다.

처음 시작했을 때만 해도 과연 종착점이 있을까 의문이었는데 결국 여기까지 오게 되었다. 기분이 묘했다. 그동안 언론에 많이 노출된 덕분에 첫 공판 때와는 비교도 할 수 없을 만큼 많은 기자들이 자리를 지켰다. 한 상구 씨가 그토록 바라던 것처럼 세상의 이목이 우리를 지켜보고 있는 셈이다.

이윽고 판사가 판결문을 읽기 시작했다.

"최종 판결하겠습니다. 원고 송 호창, 구 정애, 김 옥연의 발병 원인과 업무 연관성은 낮은 것으로 판단되어 원고 패소 확정한다."

나는 입술을 깨물었다.

호창 씨가 고개를 푹 숙였다. 정애 씨는 눈을 질끈 감았고, 옥연 아주머니는 두 손을 모은 채 가만히 눈물을 흘렸다. 분패였다.

판사가 다시 판결문을 읽었다. 아직 남은 게 있는 모양이었다.

"하지만 사망한 한 윤미의 경우 각종 유해 화학물질에 지속적으로 노출되어 백혈병이 발병하였거나 적어도 그 발병이 촉진되었다고 추단할 수 있으므로 업무와 상당히 인과관계가 있고, 따라서 피고의 유족 급여 부지급 처분을 취소한다."

어? 지금 이건, 우리가 이겼다는 말?

순간 나는 귀를 의심했다. 어디선가 환호성이 터져 나왔다. 그러자 도미노처럼 사람들의 박수소리가 이어졌다. 그때서야 비로소 실감할 수 있었다.

참 묘했다. 그토록 바라던 것인데 이상할 정도로 차분했다. 너무 차분해서 내 자신이 다른 사람처럼 느껴졌다.

돌아보니 진성 쪽 변호인들의 표정이 가관이었다. 일부 승소 판정을 이끌어냈으면서도 그들은 완전히 실패했다는 표정을 하고 있었다. 하기야 판결문에서 윤미의 발병 원인이 업무와 인과관계가 있다고 했으니, 결과적으로 진성 반도체의 과실을 인정하는 셈이다. 그 고고하고 훌륭한 대 진성 반도체의 과실. 이제 그 명성에 흠집이 났으니 속이 타들어갈 것이다. 그런데 그게 과연 속상할 일일까? 지금이라도 머리 숙여 진정어린 사과를 해야 하지만, 아마도 그걸 바라기엔 아직 이른

듯하다.

호창 씨가 만세를 불렀다.

정애 씨도 오늘만큼은 맘껏 소리를 질렀다.

모두 그럴 자격이 있었다.

비록 세 사람은 아깝게 분패했지만 다시 항소하면 된다.

"아직 안 끝났어. 우리 이제 시작이야."

나랑 마음이 통했을까. 한 상구 씨, 아니 상구 아저씨가 동고동락했던 '가족'들 한 사람, 한 사람을 안으며 위로했다.

"조용히들 하세요."

환호성이 끊이지 않자 판사가 주의를 주었다. 하지만 오히려 박수소리는 더욱 커지기만 할뿐이었다. 체념한 판사가 소란 속에서 판결문을 마저 읽었다.

정혁 씨가 다가와 내게 악수를 청했다. 나는 기쁘게 악수를 나눴다.

사람들이 노무사님! 이라며 내게 달려왔다. 우리는 서로 부둥켜안았다. 다들 울고 있었다. 한 사람, 상구 아저씨만 빼고.

아저씨는 환하게 웃고 있었다. 이제야 윤미와 한 약속을 지켜내서 무척 기쁜 모양이었다.

뒤에서 플래시 섬광이 터져서 고개를 돌려보니 진성의 변호단이 취재진에 둘러싸여 법정에서 퇴장하고 있었다.

"저희는 무조건 항소하겠습니다."

진성의 여자 변호사가 억울하다는 듯이 내뱉었다.

"됐고. 재판 당사자는 근로 복지공단인데 왜 진성에서 항소를 하겠다고 합니까?"

고 기자의 한마디에 변호사는 말문이 막혀버려서 입을 굳게 다물었다. 나는 고 기자에게 잘 했다며 칭찬하는 의미로 주먹을 쥐어보였다.

상구의 이야기

재판이 끝나고 오랜만에 설악산을 올라갔어요. 그거 알아요? 윤미를 보내고 처음 찾는 거였어요.

날씨도 화창하니 좋고, 윤미를 만나러 가기에 딱 좋았어요. 윤미가 좋아하던 멍게랑 소주를 챙겨서 윤미의 유골을 뿌려준 곳으로 찾아갔어요. 몇 년 만에 찾아갔는데 정말로 변한 게 하나도 없더라고요.

바닥에 앉아서 앞을 보니 울산바위가 떡하니 보였어요.

나는 가져간 소주랑 멍게를 내려놓고 잔에 소주를 따랐어요. 그러고는 소주를 바닥에 뿌리면서 윤미에게 말했어요.

"아빠가 약속 지켰다. 원 샷 해두 돼. 이제."

그리고 나도 한 잔 마셨어요.

있잖아요, 고 기자님. 제가 해드릴 수 있는 이야기는 여기까지예요. 하지만요, 이게 끝난 게 아니에요. 호창이도, 정애 씨도, 옥연 씨도 항소를 할 거고요. 또 공단에서 항소를 한다니까 다시 준비해야죠. 이번에도 이길 자신이 있어요. 우린 절대 안져요.

네? 그동안 포기하고 싶은 마음이 든 적은 없었냐고요? 아니요, 없었어요. 포기요? 그걸 왜 해요. 난 포기 안 해요.

왜냐고요? 난 아빠잖아요. 우리 딸 윤미 아빠.

아빠가 자식을 포기하면 어떡해요. 아빠는요. 세상 사람들이 다 손가락질하고 뭐라고 해도 절대로 자식을 포기하지 않아요. 마치 바다처럼요. 그건요, 나도 마찬가지예요. 나도 우리 딸이랑 한 약속을 포기하지 않아요. 그게 아빠에요.

그리고 오늘 윤미랑 또 하나 약속을 했어요.

뭐냐고요?

그건 비밀이에요.

에필로그

자기가 추구하는 건 정의도 아니고,
자신은 정의의 용사 따위는 더더욱 아니라고.
단지 자기가 아는 상식을 지키고
그 상식선에서 살아가려고 애쓰는 것 일뿐…….

인터뷰는 거기서 모두 끝났다.

이야기를 모두 마친 한 상구 씨의 표정은 무척 밝았다. 처음 봤을 때, 딸을 잃고 세상의 모든 고통을 다 짊어진 것 같은 얼굴을 더는 하고 있지 않다. 이건 승자의 여유일까?

그게 아니라 약속을 지켜낸 만족감에서 오는 표정 같다. 이제는 그 느낌을 어렴풋이 알 것 같다.

한 상구 씨의 배웅을 받으며 집을 나섰다.

서울로 돌아가 원고를 작성하면 이 마음을 온전히 전하지 못할 것 같았다. 그래서 이 느낌이 사라지기 전에 원고를 써야겠단 생각이 들었다.

나는 가까운 커피숍으로 자리를 옮겨 몇 시간 동안 녹취록을 들으며 원고를 작성했다. 그리고 마지막 온점을 찍고 다시 한 번 원고를 훑어보았다. 기나긴 싸움의 기록이었다. 지난

일들이 다시금 새록새록 떠올랐다.

원고를 잡지사로 송고하고 나서 홀가분한 기분으로 창밖을 내다보았다. 지금쯤 다들 무엇을 하고 있는지 궁금했다.

아마도 난주 선배는 새로운 싸움에 임하기 위해 동분서주하고 있을 게 분명했다. 변호사 양반도 옆에서 선배를 도와주고 있겠지.

갑자기 궁금해졌다. 한 상구 씨에겐 이 싸움을 끝마쳐야 할 분명한 동기가 있었지만 그 두 사람의 경우는 조금 다르지 않나 싶어서다. 하지만 곰곰이 생각해보니 또 크게 다를 것 같진 않다.

난주 선배가 그런 말을 했었다. 자기가 추구하는 건 정의도 아니고, 자신은 정의의 용사 따위는 더더욱 아니라고. 단지 자기가 아는 상식을 지키고 그 상식선에서 살아가려고 애쓰는 것 일뿐이라고 했다. 변호사 양반도 비슷한 이야기를 했다. 자기는 오지랖이 넓어서 문제라나. 그런데 늘 그 시작은 서로 균형이 맞지 않는 대진을 보면 이상하게 상대적으로 모자란 쪽의 편을 들어주고 싶단다.

그래서 한번은 내가 물었다. 결국 그건 정의감이나 영웅심리 아니냐고. 그랬더니 내게 이런 말을 해줬다. 자기는 그런 거창한 건 모르고 그냥 균형을 맞추고 싶단다. 어디든 한쪽이 모자라면 기울어지기 마련이니까. 그러면 모양새가 나빠지니까. 단지 그 균형을 맞추고 싶어서란다. 둘 다 참 쉬운 이야기를 어렵게 하는 재주가 있다. 이러나저러나, 두 사람의 생각이 크게 다른 것 같지 않다.

에이, 복잡한 생각은 됐고, 모처럼 속초에 왔으니 며칠 쉬었다 가야겠다.

문득 창밖을 보니 어디에선가 수학여행이라도 왔는지 여학생들을 태운 버스들이 해안도로를 지나가고 있었다. 참 좋은 때다.

"드디어 속초 탈출이다!"

버스 맨 앞자리에 앉은 여자애가 만세를 부르더니 휴대폰을 꺼냈다.

"여기에 기념으로 한마디씩 남기는 거 어때?"

그러자 다른 자리에 앉은 여자애들도 박수치며 환호했다. 다들 비슷한 마음이었던 모양이다. 정든 고향을 떠난다는 아쉬움보다는 새로운 곳으로 떠나는 설렘이 아이들을 들뜨게 만들었다. 소란스러운 소리에 깜빡 잠이 들었던 윤미도 눈을 떴다.

휴대폰을 꺼낸 아이가 동영상 모드로 촬영을 시작했다.

"너부터 시작! 돈 벌면 젤 하고 싶은 게 뭐야?"

"턱 좀 깎고 싶은데?"

“살부터 빼시고요!”

그러자 아이들이 까르르 웃음을 터뜨렸다.

“넌 뭐하고 싶어?”

다른 아이에게도 물었다.

“난 잘생기고 멋진 남자친구. 강 동원 같은!”

새침하게 머리를 땋은 아이는 자기가 말해놓고 부끄러운 듯 얼굴을 붉혔다. 옆에서 아이들이 가벼운 야유를 보냈다.

“강 동원이라니 꿈도 야무지네, 쌍년. 속초에 두고 온 상수 는 어쩌고?”

“갠 벌써 잊었다.”

다시 웃음이 터져 나왔다.

휴대폰을 든 아이가 윤미에게 다가왔다.

“윤미 넌? 뭐하고 싶어?”

윤미는 고개를 갸웃하며 곰곰이 생각에 잠겼다.

“글쎄.”

“꿈 같은 거 없어?”

친구가 채근하듯이 묻자 윤미는 주위를 둘러보았다.

“꿈?”

아이들이 이구동성으로 “말해라! 말해라!”를 연호했다.

윤미는 휴대폰 카메라를 보고는 조용히 웃으면서 입을 열 었다.

“내 꿈은…….”

-END-

우리가 기다려온 기적의 순간
또 하나의 약속
당신이 만든 기적입니다!

故 황유미 사건일지

2003. 10. 삼성전자 입사, 반도체 원판을 화학물질 혼합물에 담갔다
　　　　　 빼는 3라인 배치
2005. 10. '급성 골수성 백혈병' 판정, 아주대 병원에서 치료시작
2005. 11. 골수이식 수술
2006. 10 백혈병 재발
2007. 01. 이식병동에 입원. 하지만 수술할 상태가 아니라 퇴원
2007. 03. 06 아주대 병원 외래 진료 후 귀갓길에 아버지의 택시 안에
　　　　　　 서 사망
2007. 09. 삼성반도체 역학조사 후 아버지 황상기씨에게 위로금 10억
　　　　　 원 합의 제안
2008. 04~11. 산업안전보건연구원 국내 반도체 산업 종사자 20만 명
　　　　　　　건강실태 역학조사, 발병과 작업환경은 관련 없다고 결론
2009. 05 산재 불인정
2010. 01 서울행정법원에 근로복지공단을 상대로 산재인정 소송 제기.
　　　　　삼성반도체 피고 보조인 자격으로 재판 참여
2011. 06. 23 서울행정법원, 황유미·이숙영 등 2명 산재 인정 판결.
　　　　　　 근로복지공단·삼성반도체, 불복 항소.
2011. 11. 삼성반도체, 백혈병 발병자 151명, 사망자 58명.
　　　　　 황유미·이숙영 등 산재 소송 2심 진행 중.
2013. 10. 18 서울행정법원 삼성반도체 백혈병 노동자 김경미씨 산재
　　　　　　 인정

전 세계가 주목했다

GUARDIAN

여전히 진행중인 사실에 근거한 진정 의미 있는 영화

THE WALL STREET JOURNAL

한국 내 표현의 자유가 한 발 나아간 사건, 한국 영화계에서 이례적인 일

AP

많은 관객들이 영화를 보며 눈물을 흘렸다

TIMES

7,000명 이상의 사람들이 기부펀딩을 한 놀라운 영화

2011년 여름, 신문기사를 읽다가 눈물을 흘렸습니다.

속초의 택시기사 황상기씨에 관한 기사였습니다. 황상기씨는 고등학교 졸업반인 딸을 우리나라에서 가장 좋다는 반도체 회사에 보내고 자랑스러워 했습니다. 하지만 딸은 2년 만에 백혈병에 걸려 돌아왔습니다. 황상기씨는 딸이 혹독한 환경에서 일했다는 것, 그리고 그 회사에서 딸과 같은 병을 얻은 사람이 한둘이 아니라는 사실을 알게 됩니다.

병마와 싸우던 딸은 병원으로 향하던 황상기씨의 택시 뒷좌석에서 세상을 떠납니다. 황상기씨는 딸의 죽음에 대한 진실을 밝히기 위해 싸우겠다고 결심합니다. 하지만 주위 사람들 모두가 말립니다. 기나긴 싸움 동안 주위의 만류와 회사의 회유에도 불구하고 꿋꿋하게 버틴 황상기씨는 마침내 재판에서 승소판정을 받아냅니다. 모두가 불가능하다고 여겼던 일을 평범한 속초의 택시기사가 해낸 것입니다. 그것은 작지만 큰 승리였습니다.

이 싸움의 과정 자체가 제게는 너무 큰 감동이었습니다. 과연 이 소재를 영화로 만들 수 있을까? 고민을 하다가 속초로 황상기씨를 찾아 갔습니다. 대화하는 동안 그 분의 삶과 사연에 고개가 절로 숙여졌습니다. 꼭 이 이야기를 영화로 만들어야겠다고 생각하였습니다.

그렇지만 모두들 영화 제작을 말렸습니다. 누가 영화에 투자할 수 있겠으며, 또 누가 그 영화에 출연하겠냐, 한마디로 영화제작이 불가능할 것이라는 예측뿐이었습니다. 하지만 황상기씨의 사연에 감동받은 뛰어난 영화 배우들과 스태프들이 돕겠다고 나섰고 수많은 후원자들도 나타났습니다. 이 영화는 끝내 소중한 사람들의 뜻과 의지가 모여 드디어 제작의 기적을 이루었습니다.

이제 개봉을 앞둔 지금, 아직도 끝나지 않은 이야기를 수많은 관객들과 개봉의 감동을 나누고 싶습니다. 왜냐면 고통을 당한 그들은 바로 우리의 이웃이자, 〈또 하나의 약속〉이기 때문입니다.

감독 김태윤

〈용의자 X〉 각본, 〈잔혹한 출근〉 연출, 〈인사동 스캔들〉 원안

“우리가 왜 이 작품을 선택하게 됐는지… 보여줄게…
우리가 꼭 약속 지킬게”
하나의 약속에서 시작된 영화의 기적!

2011년 6월 23일, 어느 감독의 눈시울을 붉힌 신문기사.
'아빠가 해냈다. 아빠가 약속 지켰어!'

스무살 딸을 가슴에 묻은 속초의 평범한 택시운전기사. 딸과의 약속을 지켜내려는 평범한 아버지의 말 한마디는 사람들에게 큰 울림을 전했다. 속초로 한달음에 달려간 감독, 단번에 출연을 결심한 배우들, 충무로 최고 스태프들의 의기투합, 노개런티 출연, 스태프들의 재능기부, 사연도 다양한 현물투자에 이르기까지, 수 많은 사람들이 그의 약속을 지지하고 실천에 동참 하기 시작했고 감독과 제작진은 그 약속을 지키기 위해 달려왔다.

영화산업의 메인투자사들과 기관들의 지원이 어려운 악조건 속에서, 2012년 11월 제작을 결심한 감독과 제작진은 크라우드 펀딩으로 마련한 2억원의 종잣돈으로 2013년 3월 18일 무작정 촬영에 돌입하였다. 그러나 여러 변수와 우려 속에 시작 된 촬영현장에는 다양한 기적들이 일어났다. 제작비를 마련해 준 1만명의 제작두레와 개인투자자들, 밤샘촬영에 따뜻한 야식을 제공한 사람들, 보조출연이 필요 할 때 직접 카메라 앞에 서 준 사람들, 세트비를 지원해준 독지가 등 재능기부에서 현물기부까지 다양한 기부들이 줄을 이었다. 봄에 시작된 촬영은 겨울씬 촬영에 맞춰 눈이 내려주는 행운까지 더해져, 〈또 하나의 약속〉은 2013년 5월 15일 27회차 만에 무사히 촬영을 마쳤다.

하나의 약속에서 시작된 영화는 사람들의 작은 약속이 모여 기적을 이루었다. '거대기업을 공격하기 위해 제작한 영화가 아니라 아버지와 딸의 이야기, 상식과 현실에 대한 이야기다' 라는 김태윤 감독과 제작진의 의도처럼, 〈또 하나의 약속〉은 제작에 참여한 사람들에게만 의미 있는 작품을 넘어 이 사회 전체가 공감할 수 있는 작품으로 확장되어야 할 것이다.

스무 살 여린 딸을 가슴에 묻어야 했던,
한 아버지의 인생을 건 재판이 시작된다!

택시기사 상구(박철민)는 단란한 가정을 꾸려가는 평범한 아버지다.

상구는 딸 윤미(박희정)가 대기업에 취직한 것이 너무 자랑스럽다. 한편으론 넉넉치 못한 형편 때문에 남들처럼 대학도 보내주지 못한 게 미안하다. 오히려 기특한 딸 윤미는 빨리 취직해서 아빠 차도 바꿔드리고 동생 공부까지 시키겠다며 밝게 웃는다.

그렇게 부푼 꿈을 안고 입사한 지 2년도 채 되지 않아 윤미는 큰 병을 얻어 집으로 돌아온다.

어린 나이에 가족 품을 떠났던 딸이 이렇게 돌아오자 상구는 가슴이 미어진다.

"왜 아프다고 말 안 했나?"

"좋은 회사 다닌다고 자랑한 게 누군데! 내 그만두면 아빠는 뭐가 되나!"

자랑스러워하던 회사에 들어간 윤미가 제대로 치료도 받을 수 없자, 힘없는 못난 아빠 상구는 상식 없는 이 세상이 믿겨지지 않는다. 상구는 차갑게 식은 윤미의 손을 잡고 약속한다.

아무것도 모르고 떠난 내 딸, 윤미의 이야기를 세상에 알리겠다고...

"아빠가... 꼭 약속 지킬게"

평범한 아버지의 기적! 세계최초 직업병 승소판결 실화!
〈부러진 화살〉, 〈변호인〉을 잇는
5천만이 가슴으로 들어야 할 기적의 실화가 시작된다!

〈또 하나의 약속〉은 반도체 회사에서 일하던 스무 살 딸을 가슴에 묻은 속초의 평범한 택시운전 기사가 딸과의 약속을 지키기 위해 인생을 건 재판을 벌인 실화를 소재로 한 영화다. 모두가 무모하다고 여긴 재판에서 세계적으로 유례없는 직업병 승소판정을 받아 전세계가 먼저 주목한 기적의 실화는 이렇게 시작된다.

30여년간 속초에서 택시운전 밖에 몰랐던 소박한 아버지가 인생을 건 재판에 뛰어든지 6년만에 2011년 6월 23일, 서울행정법원 14부에서는 "백혈병과 업무 사이에 인과관계가 인정된다"며 황유미씨의 산업재해를 처음으로 인정하였다. 이는 세계적으로도 유례없는 판결로서 평범한 아버지가 이뤄낸 기적이라 할 수 있다.

미국의 IBM에도 직업성 암, 백혈병에 걸린 노동자들이 있었고 당시 IBM은 노동자 수백 명에게 개인적으로 합의서를 써주고 보상했다. 다만, 합의 내용을 비밀에 부쳐 기록이 남아 있지 않고, 산재법이 갖춰진 나라가 많지 않았기에 법원을 통해 직업병이 인정되기 어려운 상황이었다. 이에 고(故) 황유미의 판결은 국내에서도 최초이자 세계적으로도 유례를 찾기 힘든 판결이라 할 수 있다.

그러나 〈또 하나의 약속〉은 다큐멘터리나 사회고발영화가 아니다. 평범한 가족이 슬픔을 겪고 거대 기업과 맞서는 과정을 통해 성장하는 이야기이다. 〈또 하나의 약속〉이 감동적인 이유는 세상을 떠난 딸과의 약속을 지켜내기 위해 각종 유혹과 협박에 굴하지 않는 아버지의 뜨거운 진심 때문이다.

고(故) 황유미의 산재인정 판결에 대해 근로복지공단의 항소로 현재 서울고등법원에서 재판이 진행 중에 있다. 2014년 1월 현재 반도체 노동자의 건강과 인권 지킴이, 반올림에 접수된 피해자는 151명에 이르며, 그 중 58명이 사망한 것으로 보고되었다.

이보다 더 영화 같을 순 없다!
어디까지 실화인가? 싱크로율 99.9%

2013년 극장가는 그야말로 실화 열풍이었다. 미제사건인 '화성연쇄살인사건'을 영화화해 엄청난 반향을 일으켰던 2003년 〈살인의 추억〉 이후 영화계에는 "실화 소재 흥행 불패"설이 있을 정도로 10년간 많은 실화 소재 영화들이 제작됐다.

〈살인의 추억〉, 〈실미도〉(2003), 〈맨발의 기봉이〉(2006), 〈그놈 목소리〉(2007), 〈우리 생애 최고의 순간〉, 〈이태원 살인사건〉, 〈국가대표〉, 〈추격자〉(2008), 〈아이들…〉, 〈도가니〉(2011), 〈부러진 화살〉(2012) 등 휴먼과 스릴러를 넘나드는 다양한 장르의 실화 소재 영화들이 극장가에 등장했고, 2013년에는 〈소원〉을 비롯해 〈숨바꼭질〉, 〈집으로 가는 길〉, 〈변호인〉까지 실화영화가 대세를 이루었다. 이들의 흥행 성공은 실화 소재가 다수의 공감을 일으키는 현실적 이야기 이기에 가능했다.

〈또 하나의 약속〉은 서울행정법원 제14부가 꽃다운 나이에 불치병에 걸리게 된 고(故) 황유미에 대해 산재 인정 판결을 내린 실화를 소재로 한 작품으로, 영화보다 더 영화 같은 극적인 진실을 담고 있다.

2011년 6월 23일, 고(故) 황유미의 기적 같은 승소판결에 대한 기사를 읽은 김태윤 감독은 곧바로 실화의 주인공을 만나기 위해 속초로 내려갔고, 〈그것이 알고싶다〉, 〈추적 60분〉 등의 언론보도자료 및 반올림의 이종란 노무사를 통해 사건의 진실과 마주하였다.

대기업에 입사한 딸이 18개월 만에 병에 걸려 고향집으로 돌아온 것, 수원병원에서 속초로 돌아오는 택시 뒷자리에서 딸을 보낸 택시운전사 아버지, 산재신청을 하지 않는 조건으로 대기업으로부터 처음 제안 받은 500만원이 10억원까지 올라간 일, 반도체 공장 1개 라인에서 팀장은 백혈병, 부팀장은 피부암, 동료는 림프종에 걸렸다는 젊은 엔지니어의 겁에 질린 증언, 국회 국정조사에서 증언을 약속한 엔지니어의 배신 등 영화 속 이야기는 상상력으로 극화된 것이 아닌 팩트에 근거한 놀라운 사실들이다.

김태윤 감독은 이런 사실을 접하고 미처 몰랐던 진실에 대해 미안했고, 진실을 알아 갈수록 영화보다 더 영화 같은 사실들에 놀라움을 금치 못했다. 그렇기에 영화에는 거의 대부분 팩트에서 비롯된 설정이 담겨있다. 그러나 감독과 제작진이 전하는 가장 큰 진실은 거대한 세상과의 싸움을 통해 마음의 진정과 위안을 얻은 아버지의 이야기다. 거대한 세상에 맞선 억울한 소시민의 통쾌한 승리를 넘어, 가족을 지키기 위한 아버지의 진심을 영화에 담아내고자 했다.

기적의 3만 전국 릴레이 시사회!
만족도 4.65& 추천도 4.83!
2014년, 단 하나의 전국민 추천영화가 온다!

〈또 하나의 약속〉은 이례적으로 개봉 7주전 전국 3만 릴레이 시사회를 진행하며 영화에 대한 자신감을 유감없이 드러냈다. 지난 12월 15일 서울 시사회를 시작으로 대전, 대구, 강릉, 광주, 부산, 인천까지 전국 평균 만족도 4.65, 추천도 4.83(5점 척도 기준)이라는 뜨거운 호평과 응원 속에 전국적으로 추천 열풍을 일으키고 있다.

특히, 영화의 추천도가 더 높게 나온 이례적인 결과를 통해 〈또 하나의 약속〉이 대한민국 국민이라면 꼭 봐야 하는 영화로 인식되고 있음을 예상할 수 있다. 뿐만 아니라 SNS와 포털사이트 또한 네이버 9.78, 다음 9.9(1월 17일 기준)의 높은 평점을 기록하는 등 뜨거운 반응이 계속되고 있다.

앞으로 김해, 울산, 전주, 청주 및 경기지역 등 전국 15개 도시를 휩쓸 〈또 하나의 약속〉은 〈집으로 가는길〉, 〈변호인〉 등 2013년 법정실화의 뜨거운 열기를 이어받아 2014년 단 하나의 전국민 추천영화로 자리매김할 예정이다. 특히 박철민의 뜨거운 열연이 돋보이는 마지막 재판 장면은 영화의 클라이막스로 에드리브의 제왕, 코믹연기의 달인이라는 칭호가 무색하게 빛을 발하며, 박철민의 국민아빠 등극을 예고케 한다.

세상을 울린 아버지의 뜨거운 약속은 기적의 순간으로 다가와 관객에게 큰 울림을 선사하며, 2014년 단 하나의 전국민 추천영화가 될 것이다.

박철민, 김규리, 윤유선, 이경영 연기파 배우들의 열연!
박희정, 유세형 무서운 신예들의 발견!
개념배우들의 연기앙상블 케미폭발!

영화 〈또 하나의 약속〉은 박철민을 비롯해 김규리, 윤유선, 이경영, 정진영 등 한국을 대표하는 개념배우들의 캐스팅으로 기대감을 배가시키고 있다. 특히 박철민은 자신의 책상에 놓인 시나리오를 우연히 읽게 된 딸의 적극적인 권유로 출연을 결심, 맛있는 애드리브의 제왕이라는 타이틀을 과감히 버리고 딸과의 약속을 지키려는 평범한 아버지의 부성애를 가슴 절절하게 표현해냈다.

한편, 〈미인도〉, 〈오감도〉 등을 통해 파격 멜로의 진수를 선보였던 김규리는 이번엔 열정적이고 강단 있는 노무사에 도전, 딸과의 약속을 지키기 위해 고군분투하는 한상구를 도와 승소판결을 이끌기 까지 극에 활력을 불어 넣었다.

드라마 〈잘 키운 딸하나〉, 〈맏이〉로 맹활약 중인 브라운관의 여신 윤유선은 단아하고 아름다운 꽃누나 캐릭터를 벗어 던지고 한상구의 소박한 아내로 분했다. 이번 영화에서 그녀는 딸을 잃은 평범한 엄마의 절망감을 절제된 연기로 표현하며 40년 연기 관록을 선보였다. 또한 영화 〈더 테러 라이브〉, 〈화이〉, 〈남영동1985〉, 〈신세계〉 등 범접할 수 없는 카리스마로 현재 스크린에서 최강의 존재감을 보여주는 이경영은 대기업의 엔지니어 교익으로 분해, 자칫 흑백논리로 향할 수 있는 극의 중심을 잡아줬다.

영화 〈써니〉에서 단역 출연이 전부인 신예 박희정은 크랭크인 일주일 전 전격 캐스팅, 극을 이끄는 가장 핵심적인 인물 한윤미로 분해 여배우로써 힘든 삭발과 묵직한 감정연기에 도전했다. 신인임에도 불구하고 안정감 있는 연기를 선보이며 극에 몰입도를 높인 박희정은 이번 작품을 통해 영화계 샛별로 떠오를 예정이다. 강원도 출신의 신예 유세형은 철없는 막내 아들로 분해 유창한 강원도 사투리를 선보이며 감초역할을 톡톡히 한다.

박철민을 중심으로 탄탄한 연기력의 중견 배우들과 배역의 크고 작음을 따지지 않고 뛰어든 개념배우, 그리고 도전을 무서워하지 않는 신예배우까지 〈또 하나의 약속〉은 최고의 배우들의 연기 앙상블로 관객들에게 뜨거운 감동을 선사할 예정이다.

제작두레에서 개봉두레까지 순도 100% 크라우드 펀딩!
국내 최초 영화 총제작비 올킬예고! 아주 특별한 제작기!

오락성과 수익성만을 지향하는 영화 자본은 사회적으로 가치가 있는 영화에 대한 투자가 점점 더 어려운 실정이다. 의미 있는 영화들의 제작이 어려운 현실에서, 다양한 작품을 예비 관객과 함께 만들기 위해 다양한 영화들에 크라우드 펀딩이 시도되고 있다.

크라우드 펀딩의 대표적인 작품인 〈26년〉은 15,000여명의 국민이 참여, 순제작비 46억원 중 7억원을 국민의 후원으로 소중한 제작비를 마련하였다. 그러나 〈26년〉을 비롯해 기존 크라우드 펀딩의 작품들이 제작비의 일부를 마련하는데 그쳤다면, 〈또 하나의 약속〉은 기존 상업영화의 투자와 배급 방식이 아닌 오로지 굿펀딩과 제작두레라는 크라우드 펀딩과 개인투자금으로 영화의 제작비를 마련한 최초의 영화이다.

2014년 1월17일 기준 굿펀딩과 제작두레를 통해 7,722명의 후원금 305,675,000 원이 모였으며, 100명 이상의 개인투자자들의 힘으로 1,200,000,000 원의 투자금을 마련하며, 국내최초 순도 100% 크라우드 펀딩으로 제작의 기적과 개봉의 감동을 이루고자 한다.

한국영화계 기존 투자와 배급 방식의 틀을 깨며, 대안 투자와 배급을 이끌어냈기에 〈또 하나의 약속〉은 크라우드 펀딩으로 이루어진 작품들 가운데 아주 특별한 의미를 지닌다.

2013년 12월 20일 기준 순제작비 10억원에 대한 투자유치를 완료하였고, 현재까지 추가로 배급과 마케팅비 5억원을 마련하였으며, 2014년 2월 개봉을 앞두고 개인투자와 두레의 후원이 계속되고 있다. 〈또 하나의 약속〉은 제작두레에서 개봉두레까지 국내최초로 크라우드 펀딩에 의한 영화 총제작비 올킬에 도전한다.

평범한 당신도 세상을 움직이는 투자가가 될 수 있다!
아주 특별하고 감동적인 또 하나의 투자자들!

〈또 하나의 약속〉의 아름다운 투자 사연들이 연일 화제가 되고 있다. 영화에 투자한 100명의 투자자들은 소위 말하는 돈 많은 갑부가 아니다. 우리처럼 평범한 샐러리맨이거나 지극히 소시민적인 사람들이다. 결혼자금에서 비자금까지 평범한 사람들의 지갑을 선뜻 열게 된 특별한 투자 사연을 공개한다.

28세 세계여행을 준비하는 청년

"영화 너무 잘 봤습니다!! 1년 반 동안 세계일주 가려고 모은 돈으로 과감히 투자합니다. 영화 대박나서, 여행 마칠 수 있게 잘 부탁드립니다~!"
올 4월에 세계여행을 떠날 한 청년은 아르바이트로 모은 3천만원을 선뜻 투자하기로 했다. 영화가 흥행하면 수익금을 받아 세계여행을 보다 여유있게 마무리하겠다는 화끈한 젊은 투자자.

37살 이민을 앞둔 가장

"한국을 사랑하는 국민으로서, 제가 할 수 있는 선물을 하고 떠나고 싶습니다"
올 3월 이민을 앞두고 한국 사회에 자신이 할 수 있는 마지막 선물로 이 영화에 투자하겠다고 의지를 밝혔다.

30대 초반 회사원

"2014년, 제2의 〈변호인〉같은 영화가 되리라고 확신합니다~!!"
시사회 참석 후, 영화의 흥행을 확신하며 1천 만원을 흔쾌히 투자한 샐러리맨 투자자.

40대 초중반 사업체 경영자

"더불어 잘 살아가는 사회에 대해 고민하게 해 준 영화였습니다."
학원, 출판사를 운영하거나 전문직에 종사하는 투자자들도 영화의 감동과 함께 나누는 삶에 대한 생각으로 투자를 결심했다.

30대 대기업 대리

"결혼자금으로 모았는데, 언제 할 지 저도 알 수 없어서 일단 투자합니다~!!"
결혼 가능성이 보이지 않아 장기 투자하겠다는 30대 싱글남 투자자는 불황과 불경기 속에 안전한 투자처라고 판단하여, 같은 회사 과장님까지 유혹하여 1억원을 투자하였다.

어느 반도체 연구원

"제 일이 아니라고 외면하고 있었던 것이 너무 마음에 걸립니다"
반도체 연구원 출신으로 영화 시사회에 참석한 한 투자자는 故 황유미 씨의 안타까운 사연과 딸을 위한 황상기 아버님의 용기에 감화되어, 무기명으로 5천 만원을 선뜻 투자하였다.

〈후궁〉, 〈용의자X〉, 〈은교〉, 〈도둑들〉, 〈베를린〉
충무로 장르영화의 연금술사들이 선택한 영화!
최고 스태프들의 의기투합으로 만들어낸 기적!

　〈또 하나의 약속〉은 기존 상업영화와 비교하여 순제작비 10억원이라는 상대적으로 낮은 제작비로 제작되었지만, 대한민국 최고의 실력파 스태프들의 의기투합으로 100억짜리 블록버스터 부럽지 않은 프로덕션의 퀄리티를 자랑한다.
　〈인사동스캔들〉의 원안, 〈용의자 X〉의 각본, 〈잔혹한 출근〉을 연출한 김태윤 감독은 2011년 한 신문기사에서 읽은 평범한 아버지의 약속을 8개월간의 발로 뛰는 취재와 충무로 최고 스태프들을 설득하여 기적의 실화로 탄생시켰다. 여기에 〈페이스메이커〉, 〈후궁〉의 프로듀싱을 담당한 윤기호 피디, 박성일 피디는 100명의 개인투자자들과 1만명의 제작두레를 일일이 만나 순도 100% 크라우드 펀딩을 이뤄냈다.
　여기에 〈타짜〉, 〈전우치〉, 〈도둑들〉, 〈베를린〉을 촬영한 최영환 촬영감독은 시나리오의 진정성에 감화되어, 대작 블록버스터를 고사하고 노개런티로 〈또 하나의 약속〉에 참여했다. 강원도 속초의 자연 절경에서부터 딸의 죽음을 지켜보는 아버지와 가족들의 절절하고 안타까운 감정씬까지 담대하지만 섬세한 카메라 워킹은 영화의 영상미를 더욱 돋보이게 해주었다. 특히, 〈아름다움 청년 전태일〉로 영화 촬영을 시작한 본인의 경험담을 조수들에게 들려주며 영화 프로필에 자랑스런 작품이 될 것이라고 조언을 아끼지 않았다고 한다.
　'눈뜨고 코베인'의 키보디스트이자, 영화 〈은교〉를 통해 여리고 풋풋한 소녀적 감성을 선보였던 연리목 음악감독은 〈또 하나의 약속〉을 위해 특유의 섬세하고 아름다운 선율을 탄생시켰다. 고(故) 황유미의 생전 인터뷰를 본 연리목 음악감독이 하루 밤만에 만든 메인테마곡 'BYE MY DEAR'는 '눈부시던 나의 날은 이젠 안녕'이라는 마치 영화 속 주인공의 마음을 대변하는 주옥 같은 가사까지 영화의 감성을 고스란히 담아냈다.
　〈광해, 왕이 된 남자〉, 〈도둑들〉의 소품을 담당했던 오유진, 정재운 소품기사는 시나리오에 감동해 한참 동안 눈물을 흘렸다고 한다. 이들은 극중 노무사인 난주의 사무실을 리얼하게 세팅하기 위해 소품 창고를 온통 털어 100억짜리 영화 〈도둑들〉의 소품보다 더욱 신경 썼다고 전해왔다. 〈은밀하게 위대하게〉, 〈후궁: 제왕의 첩〉의 이태규 동시기사는 본인이 작품에 참여한 것은 물론, 〈미인도〉에 함께 참여했던 배우 김규리에게 시나리오를 직접 전하며 캐스팅의 일등공신이 되어주었다.

　〈또 하나의 약속〉은 적은 예산과27회차 라는 짧은 촬영기간 동안, 최고 스태프들의 의기투합과 찰진 호흡으로 촬영을 무사히 마쳤다. 배우들도 이런 현장은 없었다며 극찬을 아끼지 않을 만큼 대한민국 장르 영화의 연금술사들이 선택하고 발로 뛰는 열정으로 빚어낸 〈또 하나의 약속〉은 100억 그 이상의 가치 있는 완성도로 관객들에게 영화적 감흥을 배가 시킬 예정이다.

스태프 프로필

김태윤 감독 〈잔혹한 출근〉(연출), 〈인사동 스캔들〉(원안), 〈용의자 X〉(각본)
박성일 프로듀서 〈후궁: 제왕의 첩〉, 〈백문백답〉, 〈시선너머〉
윤기호 프로듀서 〈페이스 메이커〉, 〈친정엄마〉
최영환 촬영감독 〈베를린〉, 〈도둑들〉, 〈쩨쩨한 로맨스〉, 〈베스트셀러〉,
　　　　　　　〈전우치〉, 〈슈퍼맨이었던 사나이〉, 〈세븐데이즈〉, 〈타짜〉,
　　　　　　　〈강적〉, 〈혈의누〉, 〈오로라공주〉, 〈범죄의 재구성〉
연리목 음악감독 〈무서운 이야기2〉, 〈은교〉, 〈사생결단〉
전재욱, 오유진 소품기사 〈집으로 가는길〉, 〈런닝맨〉, 〈광해, 왕이 된 남자〉,
　　　　　　　〈도둑들〉, 〈기생령〉,〈푸른소금〉, 〈하녀〉, 〈요가학원〉,
　　　　　　　〈핸드폰〉, 〈그 놈 목소리〉, 〈너는 내운명〉
이태규 동시기사 〈은밀하게 위대하게〉, 〈후궁: 제왕의 첩〉, 〈페이스 메이커〉,
　　　　　　　〈가문의 영광4〉, 〈식객: 김치전쟁〉, 〈서양골동과자점 앤티크〉,
　　　　　　　〈미인도〉, 〈그놈 목소리〉, 〈가을로〉, 〈혈의 누〉, 〈우리 형〉

세상을 울린 아버지의 뜨거운

또하나의 약속

제공 / 배급: OAL(올)
제작: ㈜또 하나의 가족 제작위원회, 에이트볼픽쳐스
각본 / 감독: 김태윤
출연: 박철민, 김규리, 윤유선, 박희정, 유세형 그리고 이경영
개봉: 2014년 2월 6일